SUHEYL OSIO

TODO PERSONAL

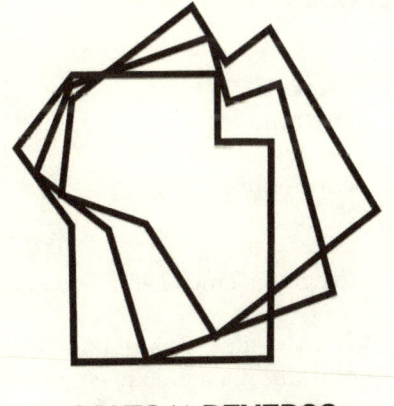

SALTOAL**REVERSO**

TODO PERSONAL
© Suheyl Osio Esquivel
Puebla, Pue., México, 2022

SALTOAL**REVERSO**

De esta edición:
Editorial Salto al reverso, 2022
editorialsaltoalreverso.com

Primera edición: septiembre de 2022
ISBN 979-8-9862420-9-5

Edición, diseño y fotografía: Hugo León Zenteno

Gracias a mi padre, a mi madre, a mi hermano, a Chirris, a Max y a Cuau, porque lo que soy es en parte la suma de pequeñas partículas que se desprendieron de ellos y se me fueron metiendo bajo la piel como un tatuaje indeleble, que no importa cuánto me empeñe en rascar, siempre quedará el fantasma de su existencia y de su paso sobre mí.

Gracias a Gisela y a Hugo por convertir en realidad todos los quizás.

CAFÉ-CAFÉ

Parecía una pequeña luciérnaga volando en la oscuridad cuando corría completamente libre a través de los cafetos, aunque tengo unos tenis especiales para correr que me regaló mi mamá en navidad, prefiero salir corriendo con unas botas picudas que me cubren toda la pantorrilla: unas botas de piel de becerro que me regaló el abuelo nomás porque sí, no sé de dónde las mandó a traer o si acaso mandó a engordar y luego a sacrificar al más hermoso de los becerros para sacar mis espléndidas botas del cuero del animal; su cabeza se fue directo a la sala de taxidermia para después exhibirla en su infame mural de testas indolentes con ojos de cristal que te persiguen con la mirada, que aunque ven sin ver, de todos modos lograban levantarme los pelos de la piel cada vez que pasaba por ahí… el abuelo era implacable con quienes más amaba. Cuando después de tanto correr y el aire de los pulmones ya no daba para más, me gustaba detener mi maratón amateur para platicar con

7

los jornaleros, con las recolectoras, me gustaban sus trajes color beige y sus cinturones de colores, sus costales donde iban guardando los granos de café y sus huaraches amasando la tierra con los dedos expuestos y terrosos. Qué poco valorados son los pies, pero ellos son nuestra raíz, nos aferran al suelo de forma textual o de manera poética, nos hacen avanzar, pero también retroceder, pueden hacer vino, pero también pueden reventar un ojo de un pisotón si es que se lo proponen; si no me creen, hay una escena de Tarantino que bien avala mi comentario, los pies en la tierra y todo viene de la tierra, todos somos la misma semilla aunque al crecer nos adornemos las ramas. Aquellas recolectoras casi siempre regordetas, con los cachetes quemados por el frío y las manos infantiles pero callosas y ennegrecidas, aunque cansadas de la faena, siempre estaban dispuestas a pelarme esos perfectos dientes blancos como la flor del cafeto para mostrarme una sonrisa sincera y sin rencor, me veían como una simple niña y no como la nieta del explotador que las hacía trabajar diario con un día descanso que usaban para las labores de su casa; eso no es descansar, el abuelo las explotaba, perdón las empleaba, pagándoles cinco pesos por cada kilo de cereza de café recolectada, ni hablar de seguro social o préstamo de vivienda. Quien diga que la tienda de raya y el feudalismo están derrocados, no conoce al abuelo y sus técnicas de empleo.

¡Ay!, el abuelo, merece una novela completa, pero me enfocaré en lo esencial para no cansarlos. Es un hombre al que algunos llamarían hombre de antes, yo creo que se adapta perfectamente a la imagen del hombre de hoy, todos son como él, pero con el disfraz idóneo en la perfecta fiesta de máscaras de la vida; un hombre recio, pulido como el diamante más fino, forjado a base de trabajo duro, nada de sentimentalismos, nada de abrazos o besos —esas son mariconadas— mínima nobleza y empatía, mucho sudor, lágrimas y sangre, un árbol fuerte, roñoso y resistente a los embates de la naturaleza. La abuela era hija de un hacendado venido a menos, un ludópata que prácticamente vendió a su hija a un hombre 20 años mayor que ella, un hombre sin educación y sin clase pero con mucho dinero, será que como decía el abuelo, "con dinero baila el perro". La abuela no logró del todo cumplir su única función, tuvo un hijo que murió de tuberculosis al mes de nacido, al año siguiente tuvo otro parto en el que casi se muere, tuvieron que sacarle la matriz junto con la criatura porque se desangraba como fuente, las sábanas y el pabellón blanco perfectamente almidonados se pintaron de rojo ennegrecido y entre el olor a muerte y los brochazos escarlata nació mi madre, qué decepción, fue niña, ya ni modo. Mi querida madre se casó con mi querido padre, un hombre pusilánime y gris, una simple hoja seca a merced del vendaval de otoño. Como podrán imaginar, mi madre era una mujer tiesa y estricta, con el pelo perfectamente estirado hacia atrás de la nuca, siempre llevaba un fuete en la mano para convencer a cualquier jornalero que no estuviera de acuerdo con sus órdenes, nadie se le ponía al brinco; como decía el abuelo ¿quién duerme con tremendos truenos?

Confío en el buen juicio de todos ustedes y parto de la idea que puedan imaginarse que a mí no me quedaba más opción que ser lo que he sido, una persona prepotente y soberbia, una especie de marimacho que heredaría todo el fruto del sudor, las lágrimas y la sangre del abuelo, él me enseñó a cazar, a cuidar caballos, a montar y a reconocer un buen café de uno en verdad extraordinario, uno que me hiciera sentir que corría otra vez en medio de los cafetos, que me llenara los ojos de alegría al ver el campo repleto de flor blanca, que me hiciera salivar con solo sentir su profundo aroma; dicho sea de paso y sin ánimo de ofender, el té nunca será capaz de semejante experiencia, que la reina me disculpe.

Esos eran los únicos momentos en los que el abuelo era feliz, enseñándome todo lo que sabía, la abuela era muy blanda y la hija muy tiesa, yo tenía el equilibrio perfecto así que me amaba profundamente, porque él solo se amaba a sí mismo y yo era una extensión de él. Los viernes por la tarde me enseñaba a limpiar las armas, el gatillo, la empuñadura y el cañón, pero esa fatídica tarde tomó un tequila de más y tuvo que pedirle al hijo del capataz que me ayudara a limpiar las armas.

Para mí, Braulio ya era un hombre grande, con familia y todo, él tenía 26 y yo solo 14, estábamos empezando a limpiar cuando vi por primera vez un lunar púrpura que le cubría casi por completo la mejilla izquierda , lo hacía ver único, como un alcatraz en un campo de girasoles, me pareció hermoso y aunque me distrajo su peculiaridad continué limpiando las entrañas del cañón cuando de pronto, ¡pum!, un sonido seco y violento salió de la escopeta que yo empuñaba con mis manos infantiles, la bala se metió directa, limpia y perfecta, casi hermosamente, en la frente de Braulio. El abuelo pagó todo, incluyendo el silencio de todos, pagó la muerte de Braulio y también pagó la vida de su mujer y su pequeño hijo de apenas tres años.

Ustedes no me dejarán mentir, que cuando más queremos olvidar más se aferra el recuerdo en nuestro corazón, no lo digo por romántica porque nunca lo he sido y no lo seré jamás, lo digo porque aunque he tratado de olvidar, el maldito recuerdo me persigue y lo que ahora les voy a contar reafirma mi teoría de que el pasado solo está agazapado atrás de los cafetos esperando que pase una recolectora para brincarle en la espalda y recordarle que de la tierra viene y a la tierra va.

Después de la fatídica tarde me enviaron a estudiar a la Ciudad de México, aquí estudié medicina, ginecología para ser exacta, después de quitar una vida de este mundo, la culpa me obliga a traer nuevas vidas a él. Siempre voy a una cafetería cerca del hospital de ginecología, un local pequeño pero con café de verdad, el aroma y la negrura de esa café me hacen sentir en casa, volando como una luciérnaga en medio de la noche, con mis botas vaqueras, qué ridiculez pero bueno, era una niña y a los niños todo se les perdona, ¿verdad?

Sucedió otra fatídica tarde y no abrieron mi cafetería, Doña Nati, que era de Coatepec igual que yo, se tuvo que ir por un problema familiar y no confiaba en nadie para hacer la mezcla perfecta de arábico; comprenderán que un médico sin café es, como decía el abuelo, un México sin corrupción porque la corrupción es la cama ardiente donde nos dormimos como pecadores y nos despertamos como blancas palomas; así que tuve que ir a la cafetería de al lado, a esa a la que van los *hippies* con dinero, en donde se toma todo menos café, pura agua de calcetín, diría el abuelo. Pedí mi café, cuando una voz dijo:

—Espresso doble con mezcla de Coatepec para Valeria.

Me levanté y vi ese extraño lunar púrpura que cubría casi por completo la mejilla izquierda del barista, me quedé quieta como las cabezas que colgaban en el salón de taxidermia del abuelo, solo salí de mi trance cuando otra voz gritó:

—¡Hey!, Braulio, ya lánzate o se te va hacer tarde para tus clases.

Y le aventó una bata de pasante de medicina.

Todos somos buenos, todos somos dignos, todos somos intachables y voraces para que se cumpla la justicia, pero cuando nosotros o una extensión de nosotros peligra, entonces la moral, la decencia y la justicia se tambalean como un equilibrista novato sobre el circo de nuestra impecable sociedad. Miré al piso y reconocí que aunque heredé la fuerza perversa del abuelo, soy también la suma de lo pusilánime de mi padre y la hipocresía de mi madre (los reto a escapar de semejante influencia); entonces, volvieron a decir:

—Valeria, su café.

Lo tomé entre mis manos, le di un sorbo mientras observaba por última vez a Braulio quien me devolvió la mirada con la misma indiferencia y un aire de superioridad y arrogancia propio de su edad, y salí de la cafetería pensando que yo también fui joven.

GUARDA EL TENEDOR

Estaba feliz de pasar mi primer día de vacaciones en la playa, así que me levanté temprano para salir a caminar a la orilla del mar sin que la arena se hubiera calentado aún y sin que el sol y el calor me resultaran más incómodos que agradables. Empecé a caminar y como siempre me pasa cuando estoy en la playa, inicié con mis tenis y mis agujetas bien amarradas, pero al poco rato me quité los tenis y las calcetas para poder sentir la arena fina como polvo suave, la arena estaba fresca, aún el sol no le subía la temperatura, la espuma de las olas se revolvía con ella y se me metía entre los dedos como intentando esconderse de alguien o de una ola más fuerte que la revolcara y la separara de las otras pequeñas partículas que ya se le habían hecho familiares.

Había gente como yo corriendo en la playa, otros parecían pertenecer a un equipo de algún deporte y entrenaban con el que parecía ser su *coach*, todos sobre la arena se veían en movimiento, menos alguien que estaba casi inmóvil sentada sobre una toalla blanca y leyendo un libro; seguí caminando y mirando con insistencia a lo único inmóvil en ese lugar. Mientras me acercaba, me daba más curiosidad ver el título del libro y miraba con tanta insistencia a la mujer que ella debió sentir el peso de ser observada; ser observada siempre es un peso: la gente viendo si te equivocas o si aciertas y entonces preparas un discurso para cada uno de los casos, la gente viendo si has logrado o no has logrado nada, la gente escudriñando mi vida para ver si es digna de vivirse o solo estoy robando oxígeno a los triunfadores... cómo pesa el peso de la pesada mirada del hostil observador, por eso creo que ella sintió mi mirada y levantó la vista del libro para entonces mirarme a mí, me saludó con un movimiento de cabeza y un sonrisa sencilla pero sincera, tal como deben ser las sonrisas, me acerqué para no parecer grosera y también para saber el título del libro que me intrigaba desde el inicio, la saludé de forma austera y le pregunté cuál libro leía, me mostró la portada de "Crimen y Castigo", le dije con sorpresa que ese era uno de mis libros preferidos y que casi no encontraba a gente leyéndolo supongo que porque mucha gente se decepciona al ver que es un libro tamaño ladrillo. A ella también le pareció curioso que yo fuera fan de Dostoyevski y me invitó a sentarme en un pedazo de su toalla, yo soy desconfiada y es raro que acceda a una invitación así, pero en mi defensa ella también traía un termo con café y para mí el café siempre ha sido como la flauta de Hamelin.

Me contó que tenía ya algunos años de vivir en ese puerto, que ella había nacido muy cerca del mar y su pueblo estaba en la cuenca de un río, así que ella siempre había pertenecido al agua; tenía la teoría de que toda la vida se originó en el mar y de ahí fuimos saliendo y evolucionando hasta convertirnos en lo que ahora somos, unos seres con más herramientas que sabiduría jugando a crear vida y ser dioses por un lado y por otro unos seres más solitarios y ensimismados jugando a no necesitar a nadie, que cada vez que estaba lejos del mar era como si su batería se bajara lentamente y al acabarse necesitara recargarla nuevamente junto al mar.

Me platicó que le gustaba caminar temprano sobre la arena fresca aún y mojarse los pies con la espuma del mar, luego sentarse a leer y tomar café meciendo su mente con el murmullo de las olas, llenarse los ojos de azul y respirar la sal.

—Es mi momento para estar conmigo misma y recordarme de dónde vengo y para qué estoy aquí, trazo mentalmente mi camino cada día para no salirme de la senda y no olvidar que soy tan mortal como el día que se acaba para darle su lugar a la noche, que solo estoy de paso y que debo aprovechar mi paso para ayudar a otros a pasar el río.

También me contó que cuando termina su breve retiro diario de mar y café, está siempre rodeada de gente, principalmente de niños:

—Me gusta estar con los niños, son como abrir un libro nuevo, son como crear una pintura o una escultura: es verdad que alguien los crea, así como alguien crea las pinturas y los lienzos, pero con ellos se empieza a gestar algo único e irrepetible, son la oportunidad de hacer creaciones memorables, extraordinarias y después dejarlas ir para que existan por ellas mismas. Tal es el caso de "La joven de la perla" de Vermeer que existe aunque el artista ya no, su pintura ha trascendido y generado sentimientos y emociones a través de los siglo

15

solo con verla, hay obras como "El Beso" de Rodin, que cambiaron la forma de ver la escultura para siempre aunque el autor nunca supo la influencia que generó en todos los escultores posteriores; a los simples mortales logra conmovernos profundamente. Pienso que así son los niños, son una hermosa oportunidad de moldear desde el inicio, ir dando pinceladas poco a poco para después dejarlos ser y cuando crecen ellos solos pueden cambiar la forma de hacer todo para siempre, son una obra perfecta que únicamente necesita ser develada como el bloque de mármol antes de ser tallado, por eso siempre he buscado estar cerca del lugar a donde van los niños que no tiene pintor, que no tienen escritor que escriba sus historias, que no tienen escultor ni mentor que los descubra, jamás pretenderé ser una mentora, solo pretendo acompañarlos a encontrar su senda y la razón por la cual emergieron del mar, intento ayudarlos a develar la obra de arte que están destinados a ser y que nadie se atreva a decirles lo contrario o cambie el rumbo de su incansable voluntad.

Finalmente me contó que tuvo amores que se fueron, tuvo hijos que tomaron sus senderos llenos de luz, tuvo padres que la amaron y familia que siempre le dio su abrazo y su ternura, pero sobre todo siempre se tuvo a ella, a sus ojos viéndola directo en el reflejo para recriminarla o aplaudirla, a su piel engrosándose o adelgazándose según las circunstancias, tuvo gente con sabiduría con quien apaciguar su infinita ignorancia, tuvo silencios prolongados y días de fiesta, miró tantas lunas y tantas estrellas que jamás pudo terminar de contar; tuvo tanto que nunca le cupo en las manos, por eso entendió que lo mejor siempre es compartirlo, darse a los otros, dar hasta que duela, me dijo que hay que estar listos para el momento que nos llamen las olas, la sal nos cubra el cuerpo y nos toque el delicado momento de regresar al mar y sobre todo me dijo que aprendió a siempre guardar el tenedor hasta el final de la comida porque alguna vez le dijeron:

—Guárdalo, aún falta el postre.

Así que lo mejor siempre está por venir.

EL PINTOR

Siempre que me despertaba él aún dormía, yo iba al colegio caminando instintivamente sobre los mismos callados pasos, calles casi desiertas, algunas tiendas de abarrotes exhibiendo frascos de cristal llenos de encurtidos, otros escaparates que habían olvidado sus tiempos de *glamour* y gloria, nada importante, nada de llamar la atención y nada que provocara que el corazón se acelerara aunque fuera por un mínimo instante. Al regresar a la casa después del colegio hacía mis obligaciones, comía poco y leía mucho, mientras respiraba un aire ligero y dulce pero siempre triste y en una profunda soledad rodeada de seres inanimados, inertes y metidos solo en sus propias existencias; él era el peor de todos porque aparte de mí él era el único otro ser que respiraba y estaba en esa habitación siempre sin estar, él solo tenía ojos para una cosa y esa cosa no era yo.

Por la tarde cuando terminaba mis quehaceres lo alcanzaba junto al mar, me sentaba junto a él sobre unas rocas sin que él notara mi presencia, me hipnotizaba tanto ver su alegría que sin darme cuenta mi rostro también sonreía, se le desbordaba de amor el corazón, me emocionaba ver sus deseos de vivir y me ardía en el alma que esa emoción no fuera por mí, ese ímpetu solo lo sentía a la orilla del mar, con el abrigo húmedo por la brisa salada, en ese lugar único para él y frente a aquellos colores que le absorbían las energías, que lo dejaban exhausto y vacío para mí, que no le dejaban nada para acompañarme en mi infinita soledad.

Yo jugaba con la arena y con las piedras de la orilla, solía guardar una en el bolsillo de mi saco para llevarla a casa más tarde, esa era mi forma de atesorar aquellos efímeros momentos. Él era feliz pintando los mediodías amarillos junto al mar y las tardes naranjas y enrojecidas mientras eran devoradas por el azul profundo del mar, esos colores lo enloquecían, solo tenía ojos para ellos y su rostro se iluminaba cada vez que los veía, se llenaba de asombro como cuando un niño ve por primera vez a su madre con conciencia de lo que ella significa en su vida.

Aquella mañana de ida al colegio lo miré por primera vez en unos de esos escaparates hacia los que nunca volteaba mi vista, ni siquiera sabía cuánto tiempo llevaba ahí o si lo acababan de poner en la tienda, si era una novedad que despertaría codicia o si era un saldo que provocaría desprecio, simplemente lo miré fijamente y después lo escuché gritando:

—Libérame, libérame para reescribir tu historia.

Toda la mañana lo pensé, casi podía sentir en mis manos su tersura, su olor me sobrecogía, su voz llamándome y lo deseé como solo había deseado una cosa en mi vida.

Cuando llegué a casa busqué su traje y sus zapatos de salir, él solo los había usado en el funeral de mamá y estaba segura de que no notaría su ausencia; sin perder tiempo fui con el tendero y los vendí según yo a un precio justo, fui corriendo a la tienda que tenía mi mayor deseo atrapado tras un cristal, pero el dinero no era suficiente, como siempre pasa, los deseos valen mucho más de lo que puedes dar para obtenerlos. ¿Será por eso que los deseamos más?, ¿será por eso que el deseo siempre quiere ser deseado?.

En la tarde fuimos religiosamente a la playa donde él tenía los ojos brillantes y amarillos cundidos por el reflejo de aquel atardecer que lo extasiaba. Regresamos a casa en absoluto silencio como siempre, con los pasos cansados y nuevamente la tristeza, la amargura y la melancolía en sus ojos, unos ojos que nunca me veían y tal vez ni siquiera sabían que yo estaba ahí deseando ser mirada, deseando ver mi reflejo aunque fuera por solo un momento en sus ojos.

Esperé que se durmiera, tomé las piedras que tenía guardadas y que aún olían a mar, a sal y a tardes cálidas y me las guarde en el saco. Aunque el sonido del cristal del escaparate rompiéndose fue estruendoso, no hubo curiosos, nadie miró, nadie salió.

Aquél día llegué como siempre —pero esa vez como nunca— a la playa, él volteo de reojo sin interés, sin alma, pero algo lo sobresaltó y volvió a voltear.

Por fin mi reflejo en sus enormes ojos abiertos por la sorpresa, me sentí observada por él, viva nuevamente, inmediatamente recordé a mi madre, volví a sentir sus brazos y el cobijo que me daban por las noches mientras me acariciaba el cabello y me cantaba "Duerme negrita", la comida caliente acompañada de su tierna mirada interesada solo en mí y preguntándome si me gustó su comida. Por fin los ojos de él se dieron cuenta de que yo aún estaba ahí, yo aún respiraba, aún estaba viva, miró mi vestido y su mirada se inundó del embriagante color amarillo de mi vestido, tomó sus pinceles, un nuevo lienzo y empezó una nueva pintura, una pintura donde el amarillo era parte de mí y yo era parte de todo, era la única protagonista de ese lienzo que me inmortalizó y del que nunca más volví a salir.

LA SIESTA

A partir de "Mujer en la ventana", de Salvador Dalí.

El sol de las tres de la tarde caía a plomo sobre mi espalda curtida, haciendo mi faena sumamente agotadora, a esa hora, este pequeño pueblo pesquero casi aislado del mundo se convierte un poco en un pueblo fantasma, es la hora de la siesta, las mujeres dejan su trajín cotidiano para refrescarse con la brisa marina que se filtra por las ventanas y que hace que las delgadas cortinas parezcan bailarinas de largos vestidos danzando al compás de un son. Los hombres a esa hora ya regresaron de su encuentro diario con el mar, ya han tomado del mar algo que no les pertenece, pero el oficio heredado de generación en generación les ha hecho pensar que son dueños de todo lo que sus redes puedan recoger sin remordimiento alguno, una idea que se ha arraigado como el salitre al fondo de las balsas, pero que no por ello es real.

Yo era el único que a esa infame hora hacía encargos en mi lancha y con manos firmes tomaba los remos bogando de un lado al otro; antes del accidente trabajaba con mi padre y mi abuelo en un barco grande de pesca, pero ahora ya nada es igual, acumulé deudas el tiempo que estuve sin trabajar acostado en esa cama de hospital y tengo que doblar esfuerzos para que mi pequeña Luna conozca un mundo más grande que este. Por más hermoso que sea el mar, estoy seguro que existe algo más después de la franja naranja que el atardecer pinta en la inmensidad.

Cuando me caí al mar desde lo alto del mástil del barco pesquero, tardaron en sacarme del agua salada, estaba inconsciente y así estuve algunos días en el hospital, con dificultad me recuperé en ese cuarto pálido, frío y solitario, tan solitario que a la enfermera que iniciaba turno por la noche y terminaba por la mañana le daba lástima verme, ahí como un ajolote recién nacido con mis pequeños ojos, mi cara de niño y mi frágil salud que chocaba con mi fornido cuerpo; la enfermera aprovechaba para descansar mientras se sentaba a mi lado a hacerme compañía, siempre traía un libro de cuentos metido en el bolsillo de la bata, recuerdo que la autora era una tal Marina pero no recuerdo el apellido.

La enfermera se encariño rápido conmigo, supongo que porque usaba de pretexto mi fragilidad para poder descansar y leer un rato, además yo era un buen escucha; así que, la mañana que salí del hospital, me entregó envuelto en mis pertenencias, que eran un pantalón y una camisa percudida con olor a mar, el libro de cuentos de la tal Marina. Ahora por las noches también se lo leo a mi pequeña Luna, me gusta verla con su cabello rizado y enredado como las redes en una barca esperando ser

24

tendidas al mar y mirar esos enormes ojos como los de su madre que estoy seguro están hechos para ver más que las casas de este pequeño pueblo.

Aquella tarde cuando el sol caía a plomo sobre mi espalda curtida, detuve un momento el movimiento de los remos y me quedé observando una casa, una ventana, una mujer a la que nunca antes había notado.

En cuanto toqué tierra fui directo a casa de Celso, él era el más viejo del pueblo y había sido amigo de mi abuelo, de mi padre y ahora mío. Celso abrió la puerta todavía amodorrado por la siesta, pero con agrado de dejar en pausa su constante soledad, se sentó en el corredor mientras se abotonaba una camisa luida y despintada por el sol; yo tratando de que no se me notara tanto la impaciencia por saber de aquella mujer, esperé a que prendiera su cigarro —un cigarro sin filtro que él mismo preparaba con tabaco recio y enrollaba con sus manos callosas en papel arroz— en cuanto mandó al cielo la primera bocanada de humo le pregunté que si conocía aquella casa, aquella ventana, a aquella mujer... el viejo dio otro jalón profundo y lento a su cigarro y empezó a contarme que ahí vivía una mujer muy bella, tan bella como solitaria, siempre se le veía en la ventana leyendo libros que dicen tenía regados por toda la pequeña casa. Tenía tres hábitos metidos en la piel como la humedad que está metida en las paredes de esta vieja casa, esa mujer fumaba, leía, escribía y volvía a fumar sin tregua entre un cigarro y otro. Una tarde durante la siesta se quedó profundamente dormida con el cigarro en la mano, las sábanas de inmediato cogieron fuego, la cama, las cortinas, los libros, la casa entera se levantaba en llamas que pintaron de rojo y después de un doloroso gris el hermoso cielo azul; el fuego consumió todo y de aquella casa, de aquella ventana y de aquella mujer quedaron cenizas revoloteando como pequeños insectos sobre la inmensidad del mar, Marina quedó para siempre revuelta con la sal, la arena y la espuma del mar.

El viejo Celso vio mi cara de sorpresa y de repente soltó una enorme carcajada mostrando sin pudor su sonrisa chimuela y sus dientes amarillentos.

—Mi querido Azariel, mijo, te traicionó la hora de la siesta, las terribles tres de la tarde, esas no son horas de trabajar, son horas de dormir y soñar lo quieras o no, todo el mundo duerme a esa hora, así que nadie sabe lo que sucede aquí en ese tiempo.

El viejo dio el último jalón a su cigarro y me dijo algo que desde entonces hace mis noches tranquilas y soñadoras, pero que también me obliga a permanecer despierto a las tres de la tarde:

—En los sueños podemos asomarnos a otras vidas, a lo que fuimos antes de ser esto que sepa Dios si en realidad somos.

En ese momento el rayo de sol me dio directo en la cara y desperté de la siesta con un sentimiento profundo de vacío e incertidumbre, como aquellas botellas que los optimistas mandan al mar con algún recado en su interior esperando que alguien las encuentre, tomé mis remos y seguí remando bajo el inclemente sol.

EL PINCEL PÚRPURA

Llegó agitada al hospital, de inmediato pidió informes en el módulo de urgencias y la canalizaron al área de espera de quirófanos en donde el médico que estaba operando a su esposo le daría informes en cuanto saliera de la intervención. María parecía una mujer más vieja de lo que en realidad era, hace un tiempo tuvo una complicación por una infección mal tratada en el ojo izquierdo, ese diagnóstico la obligó a retirarse prematuramente de su trabajo de restauradora de arte en el Museo de la Ciudad, la enfermedad le complicaba ver de manera minuciosa y eficiente con un ojo, no enfocaba bien y no veía con claridad, así que la retiraron del puesto hasta que su visión mejorara, pero ya habían pasado 6 meses y no empeoraba, pero tampoco mejoraba, estaba como suspendida en un momento interminable.

Por fin salió el doctor del quirófano y se acercó a ella de inmediato, era la única en esa sala.

—¿Usted es familiar del Sr. Manuel?

—Sí doctor, soy María, su esposa.

—Muy bien, le explico entonces que su esposo tuvo un accidente en la fábrica de pinturas en donde él trabaja, solo me informaron que un vapor hirviente le quemó parte del rostro, principalmente el área de los ojos; afortunadamente y gracias a que traía su equipo completo de protección, las quemaduras son superficiales y le hicimos un lavado mecánico para evitar cualquier proceso infeccioso. Posiblemente la impresión por el accidente ha provocado un trauma emocional y psicológico que desafortunadamente ha ocasionado que el paciente pierda el sentido de la vista, no se puede saber aún si esto será de manera permanente o si el organismo podrá restablecerse hasta lograr nuevamente la visión que tenía antes del accidente, sin embargo es necesario esperar un par de meses para hacerle unos nuevos estudios que nos aclaren si tiene un daño real en la retina o alguna otra parte del ojo o si se trata de estrés postraumático, con las evidencias de esos estudios se podrán ver las opciones que se tienen en su caso. Por el momento lo van a trasladar a recuperación y en cuanto esté en su habitación le avisarán para que pueda verlo.

—Sí, gracias, ¿estará mucho tiempo internado?

—No, de hecho si no hay ninguna complicación, mañana puede irse, lo importante es que esté tranquilo y sin presiones para ver cómo reaccionan sus propias defensas.

María salió del hospital para hablar a la fábrica de pinturas, pero se dio cuenta de que aunque Manuel ya tenía más de 10 años de trabajar ahí ella no conocía a ninguno de sus compañeros, ni al jefe, ni a una secretaria o alguien a quién preguntarle del accidente o de la situación laboral de su esposo; colgó antes de que alguien le contestara y volvió a entrar al hospital para esperar a Manuel.

Al poco rato le avisaron que ya estaba instalado en la habitación, María entró y lo vio con unos parches en los ojos, se acercó y aunque no sabía que él estaba despierto le dijo cerca del oído que ya estaba ahí, que no se preocupara, él le tomó la mano en cuanto la escuchó, la apretó con desesperación y le preguntó si estaba ciego o por qué tenía algo en los ojos y no veía nada. María se asustó por lo inesperado del momento y sobre todo por la fuerza con la que le tomó la mano, ya no recordaba cómo se sentían las manos de Manuel; gracias a que aún tenía el efecto de la anestesia ella se pudo soltar la mano con facilidad y se dio cuenta de que le molestaba su contacto, tantos años deseando aunque fuera la mínima caricia que nunca llegó y ahora el menor contacto de Manuel le parecía una invasión. Le pidió que se tranquilizara, enseguida le explicó lo que le dijo el doctor a ella y eso lo alteró más:

—¿Y ahora qué? ¿Qué vamos a hacer? ¿Cómo vamos a vivir yo ciego y tú medio ciega también?

Intentó tranquilizarlo diciéndole que su ceguera no era algo permanente y que la cura dependía solo de él, de que estuviera tranquilo y relajado, le pidió que le contara lo que había pasado con el accidente y él se puso a relatarle con minuciosidad lo que había sucedido.

Al otro día salieron del hospital solo para hacer una parada en su casa y recoger lo necesario antes de salir de viaje rumbo a las montañas, el doctor indicó salir de casa durante un tiempo para que Manuel estuviera como de vacaciones, más tranquilo y en un lugar fresco, con aire limpio y lugares para hacer caminata sin correr ningún peligro.

Apenas estaban terminando de instalarse en la acogedora cabaña cuando tocaron a la puerta, era un hombre joven, vestido de manera informal, con ojos muy negros enmarcados por una cara casi cuadrada, de piel muy blanca, alto, cabello castaño y un amplia sonrisa, el hombre se presentó como Mauricio, les dijo que era pintor y que había decidido retirarse un poco del bullicio de la ciudad para poder inspirarse,, pero que ya tenía un mes ahí sin hablar con nadie y sin inspirarse, así que en cuanto vio que llegaron a la cabaña no quiso perder la oportunidad de hablar con alguien antes de que se le olvidaran las palabras de tanto silencio; a María le dio risa su forma de hablar tan desparpajada, informal y con tanta confianza, apenas lo acababa de conocer y ya se sentía cómoda en su presencia, tenía mucho tiempo que eso no le pasaba con nadie incluso con Manuel, con él siempre se había sentido así antes, pero ahora su propio esposo era ya un extraño para ella.

Cuando se conocieron ambos tenían 40 años, al año se casaron, muchos dicen que ya se les andaba yendo el tren a ambos, que por andar estudiando y pensando en la inmortalidad del cangrejo se les había olvidado buscar una pareja con la cual pasar sus días y sus noches, que si no se apuraban iban a terminar solos cada quien por su lado cuidando gatos callejeros, practicando la ailurofilia y nombrándolos con nombres extraños como lo hacía Monsiváis, aquel cronista de la Ciudad de México que rescataba gatos y les ponía nombres como, *Caso Omiso, Pos Moderna, Recóndita Armonía, Peligro para México* o *Cat Ástrofe*; durante unos años vivieron lo que ellos creyeron que era la felicidad absoluta teniendo alguien con quien hablar de las simples cosas del día a día, ella contando de los cuadros de artistas antiguos que restauraba con enorme delicadeza y extraordinaria paciencia y precisión siempre usando su pincel preferido de mango color púrpura, él hablando de cómo la ingeniería había avanzado tanto y ahora había máquinas para todo, pero que la mano del hombre que obedece a un actuar instintivo en tiempo de crisis no podía ser remplazada por nada ni por el mejor robot del mundo. Les gustaba salir a comer el fin de semana y regresar caminando a la casa platicando de todo y nada, ella viendo las flores blancas que el viento había dejado como tapete para que ellos no pisaran la vulgaridad del asfalto.

Todo cambió desde que ella se enfermó y tuvo que dejar su trabajo, guardar lo que había sido su vida, su bata, los solventes, las pinturas y su pincel púrpura preferido que ya no podía empuñar para restaurar ojos tristes de orgullosos reyes de medio siglo, y tuvo que dedicarse al cuidado de la casa, una casa solitaria, callada, sin color y sin sonrisas, ya se sabe que la buena voluntad de las mujeres siempre se estrella con su propia soledad o la soledad ajena.

Manuel se había vuelto ausente y silencioso como un gato de Monsiváis, casi nunca la veía aun cuando estaba viéndola, ella no recordaba los momentos en que las miradas de ambos coincidían, ni las sonrisas compartidas, ni las palabras de amor, ni las caminatas con las manos juntas y los dedos entrelazados, todos los sentidos parecían haberse quedado dormidos, en un momento interminable. Manuel se dedicaba solo a trabajar, se iba muy temprano y llegaba muy noche, siempre tenía mucho trabajo en la fábrica, alguna máquina fallaba, algo se descomponía o no le daba tiempo de terminar, ni hablar de la desaparición de las salidas a comer y los recorridos tomados de la mano con extensas pláticas que habían sido sustituidos por comida china a domicilio y películas viejas en el sillón de la sala en donde algunos de los dos terminaba dormido y harto de un aburrimiento tan infame como el domingo de los jubilados viendo llover por la ventana; ella se había ido acostumbrando a sentirse distinta de sí misma, a no ver a nadie y a no ser vista por nadie, a dejar de observar la belleza de la naturaleza que tanto le intrigaba antes, a estar en silencio, a no hablar ni a escuchar hablar a nadie, pasaba los días y las noches sumida en un profundo silencio exterior que hacía a veces insoportable el bullicio de su propio interior. Siempre había sido una mujer callada, no le gustaba estar con mucha gente, pero antes platicaba con sus compañeras del museo mientras movía con precisión su pincel de la suerte y trataba de arreglar alguna sonrisa que había sido demasiado deslavada por el sol y por el tiempo que no perdona nada ni a nadie, hablaban de cosas de museos, pinturas, pintores y de cosas de la vida, ellas siempre terminaban platicando y mostrando fotos de sus familias y sus hijos; María nunca pudo tener hijos, a Manuel no le gustaban y pronto se operó para no andar tentando a la suerte, así que esa charla le provocaba un poco de melancolía y ni siquiera tenía nada que aportar. Hace algunos años que pasaba los días pensando y leyendo, pero más que nada pensando en cómo sería su vida si hubiera dedicado suficiente tiempo a buscar al hombre que por diferente a ella fuera el ideal, un hombre platicador, alegre, que la hiciera reír con sus ocurrencias, al que no le importara saber ni tener, sino vivir y sentir, tal vez hasta un hijo pudo haber tenido con un hombre que no calculara los gastos o no pensara qué irresponsable es traer a un hijo a un mundo que se está desmoronando. Ella era la contención, la rigidez, el orden y la previsión en persona, ¿para qué buscó más de lo mismo?

Le comentó al pintor de forma muy escueta, así como era ella, las razones por las que estaban en la cabaña y el tal Mauricio enseguida tuvo la campechana idea de intentar hacer una pintura de ella, María le comentó la ocurrencia del reciente vecino a Manuel y él no estuvo de acuerdo:

—Nadie tiene porque andar pintándote, ni que fueras modelo o algo así.

Entonces Mauricio le propuso directamente a Manuel pintarlo a él en un retrato completamente realista para que cuando él recuperara la vista pudiera ver su rostro durante ese tiempo en el que había estado en una especie de retiro espiritual obligado por las circunstancias y pagado por la fábrica de pinturas,

—Podría ser un buen recuerdo mirar tu rostro con paz y tranquilidad fuera de la presión del trabajo y del estrés de la ciudad.

A Manuel al principio le pareció molesto, el pintor le parecía un tipo confianzudo y ruidoso, siempre estaba hablando de algo, pero después pensó que sería la solución ya que ahora que no iba a trabajar a la fábrica por su condición de ciego novato, por lo menos en fines prácticos, no sabía en dónde meterse para aislarse de María, el pintor le daba la razón perfecta para perder el tiempo y no tener que hablar o atender a María, así siempre tendría el pretexto de estar ocupado desarrollando su trabajo de modelo, mirando sin ver hacia la ventana.

Siempre que llegaba el pintor, María ya había acomodado a Manuel en una silla junto a la ventana para que su retrato saliera lo mejor posible, también tenía casi lista la merienda para que cuando terminara sus sesión de pintura porque la luz natural ya hubiera cambiado, los tres se sentaran a cenar. solo así había podido resistir las cenas al lado de su esposo, el pintor servía como intermediario y depositario, si ella preguntaba algo y su esposo la ignoraba como siempre, entonces el pintor contestaba agregando después un

—¿Verdad, Manuel?— o bien un —¿tú qué piensas, Manuel?

A lo que él respondía con total indiferencia, pero ella enseguida volteaba a ver al pintor para gesticular una disculpa inaudible en nombre de su acartonado esposo, la cual acompañaba con una sonrisa tímida y un brillo en los ojos que hacía tiempo no sentía; el pintor, por su parte, le sonreía con ternura y la miraba fijamente mientras hablaba de alguna tontería para mantener entretenido a Manuel. Con las horas y los días las sesiones de pintura entre Manuel y Mauricio se hacían más cortas, pero las sesiones de miradas y sonrisas entre Mauricio y María se hacían más largas. La complicidad entre ellos se fue estrechando tanto que incluso para iniciar su trabajo, el pintor que estaba en la habitación donde estaba Manuel, su inmóvil modelo, en silencio le hacía señas a María mostrándole en una mano un pincel de empuñadura color negro con el que a él le gustaba pintar y en la otra mano un pincel de empuñadura color púrpura, que según ella le daba a la pintura un acabado menos realista... lo que María quería era tener una pintura menos real de su esposo y más cercana a sus tardes en la cabaña. Ella, respetando la complicidad del silencio siempre señalaba desde la cocina el color púrpura, acompañando la sugerencia con una encantadora sonrisa y unos ojos coquetos que ya no recordaba que tenía; Mauricio continuaba pintando con el pincel púrpura mientras le regresaba la sonrisa y a veces un beso a la distancia o un guiño de sus profundos ojos negros.

Manuel se hacía cada vez más hostil y le preguntaba a María cuántos días ya habían pasado, cuándo les tocaba regresar con el doctor para evaluar su situación y saber si volvería o no a ver, ella sabía que el tiempo de la fantasía se agotaba y pronto tendrían que regresar al mundo real para que el doctor diera su diagnóstico. En el fondo le dolía el remordimiento que sentía por desear que el doctor indicara más tiempo en la cabaña de descanso, lejos de la ciudad y cerca del pintor en el que había encontrado un refugio a tanto silencio y soledad, pero sentía que pronto tendría que despedirse de esa balsa en el mar, de ese oasis en el desierto, de esos ojos negros y cálidos en tiempos gélidos. Tal vez por esa premura de sentir que el agua se va entre los dedos, esa tarde, cuando el pintor le hizo señas desde lejos para preguntarle cuál pincel usar, ella lo llamó con los dedos hacia la cocina, él le dijo a Manuel que se le había olvidado un pincel en su cabaña, que no tardaba y regresaba enseguida; a Manuel no le importó y quedó en total indiferencia de frente a la ventana, mientras en la cocina se dieron un beso delicado y lento como quien quiere prolongar por horas un momento interminable que está destinado a durar solo unos segundos. El pintor regresó a terminar su sesión con Manuel, luego se dispusieron a merendar, pero Manuel se disculpó porque tenía un terrible dolor de cabeza y se fue a dormir temprano. Mauricio y María cenaron, platicaron, se escucharon, se vieron, se tomaron de las manos mientras cenaban y platicaban, se sonreían y se besaban discretamente, solo porque la culpa de estar traicionando a un ciego no los dejaba hacerlo de otra forma; se despidieron en la puerta con la esperanza de volver a verse al día siguiente.

Nuevamente por la tarde llegó Mauricio, ya Manuel estaba en su postura de modelo tieso y acartonado al lado de la ventana y María estaba en la cocina, los ojos les brillaban, incluso el ojo izquierdo se esforzaba en verse bello a pesar de su condición, la sonrisa resplandecía en un rostro antes marchito y ahora hermoso por saberse amada, por saberse escuchada, por saberse vista en aquellos ojos de profunda negrura. Mauricio levantó los dos pinceles como siempre uno en cada mano para hacerle señas a su amada y recibir la respuesta que ya sabía, pero le gustaba recibir cada día de su tierna María, ¿cuál pincel preferiría? esta vez María se acercó hasta donde estaba el pintor junto a la ventana y le sostuvo la mano y le dio un beso en la mano que sostenía el pincel con empuñadura color púrpura para indicarle que ese debía usar y ambos sonrieron en silencio.

Manuel sin dejar de ver a la ventana y sin mover ningún músculo del cuerpo le dijo al pintor:

—Al parecer no eres un buen pintor, ni muy listo, ni muy observador, porque después de tantos días de hacer en silencio la misma pregunta ya deberías saber que ella siempre prefiere que me pintes usando el pincel con la empuñadura de color púrpura, supongo que es el que me hace ver más realista.

JULIETA

Hoy igual que todos los domingos a mediodía, salí a caminar alrededor del parque que está frente a mi departamento, me gustaría hacerlo diariamente, pero los demás días estoy siempre ocupado, trabajando por las mañanas en la librería y por las tardes haciendo la tesis para saber si la literatura de Orhan Pamuk es regionalista o si se habla en realidad de temas universales revestidos de regionalismos que le impregnan el aire del imperio otomano a los textos. Caminar en el parque me da la tranquilidad que solo otorga lo orgánico, lo primario, la primera vez que se experimenta un sentimiento nuevo, estoy en paz cuando voy pisando las hojas secas, respirando el aire nuevo y mirando los árboles que tienen años y años de existir ahí, aceptando no sé si con resignación o con alegría que nunca se moverán de ahí, que están hechos para ser espectadores a veces quietos y silenciosos, floreando en primavera o a veces agitándose bulliciosos con los aires otoñales, observando todo el ir y venir desde su privilegiada visión: han visto a embarazadas caminar con su estómago distendido, las han mirado pasear a sus bebés en modernas carriolas, también los han observado a ellos correr torpemente tras una pelota y después andar insistentemente en bicicleta hasta perfeccionar elaboradas piruetas que los llenan de una primaria satisfacción que los hace olvidar los raspones y los moretones previos al triunfo... así es la vida o así supongo que debería de ser, olvidar las heridas, las traiciones, el dolor y el odio cuando se obtienen logros que nos llenen de satisfacción por haber salido vencedores e ilesos.

En mi caso no ha sido nada fácil continuar con alegría y satisfacción disfrutando de mis logros desde que Roberto, mi mejor amigo de la infancia me traicionó de la manera más ruin y dolorosa y entonces tuve que matar algo dentro de mí para poder seguir viviendo.

Hoy que fui a caminar se me revolvieron todos los recuerdos de mi niñez y mi recién nacida adolescencia, muchos dicen que se llama así porque uno entonces adolece de todo, de los cambios en el cuerpo que uno no entiende, de cambios de personalidad mientras probamos cuál es más como nosotros y es menos como nuestros padres, de cambios de humor por no encontrar una identidad propia y hasta cambios de todo tipo de hábitos desde lo más profundos que tal vez formen nuestro carácter, hasta lo más superficiales que tal vez solo nos hagan darnos cuenta que nos gustan los huevos con cátsup. Hoy todo regresó a mi mente y a mi acongojado corazón cuando vi esos hermosos rizos negros como una noche sin estrellas y espesos como el bosque de Estambul que describe Pamuk en su libro "Me llamo Rojo", tenía los rizos más largos en la infancia, pero era ella, estaba seguro de que era ella, siempre supe reconocerla de espaldas porque así era como podía mirarla sin que ella me viera; solo así podía imaginar el olor de esa espesa cabellera, la suavidad de sus rizos, sus hombros estrechos y la pequeña espalda: Julieta era la perfección concentrada en una sola persona, era hermosa por fuera y por dentro, con ojos como el ámbar que se queda encapsulado por siglos sin perder nunca su perfección y su brillo, contrastados de forma casi mágica con una piel tan blanca como las hojas de un escritor perfeccionista que quiere que sus letras negras reluzcan al contraste con la palidez de las hojas de escritura. Cómo me gustaba Julieta desde que era un niño, desde que mis ojos mirando a cualquier sitio sin interés en nada la descubrieron en medio del patio escolar, por años la quise con ese cariño nuevo, con la idolatría que se siente solamente una vez, la quise desde lejos, le entregué mis pensamientos sin que ella se enterara, la quise siempre en silencio, en el silencio que solo compartía con mi mejor y único amigo.

Roberto era mi único amigo desde la primaria y siguió siéndolo en la secundaria, él era más extrovertido y platicador, divertido y un contador nato de historias increíbles y por ello mismo interesantísimas; a veces lo que creamos en nuestras mentes supera por mucho la realidad y puede incluso regir nuestras vidas si pensamos que esas invenciones son reales, cuántas cosas definitivas y definitorias en la vida habrán pasado por convertir una idea irreal en una idea firmemente cierta, cuántas religiones se han formado, cuántas guerras se han perpetuado, cuántas teorías de la existencia de la tierra o del espacio o sobre la propia creación del hombre, todo cimentado en posibles verdades o en posibles invenciones de mentes ágiles e ingeniosas como la de mi mejor amigo Roberto. Yo era más introvertido, más callado, yo siempre con el cabello muy corto estilo militar, mientras que él dejaba que le creciera y se le hiciera un pajón hasta que de la dirección le mandaban decir a su mamá que le cortara el pelo y entonces también llegaba con corte militar que le dejaba al descubierto un lunar en la nuca que siempre me pareció muy curioso aunque creo que nadie lo notaba más que yo, supongo que porque yo casi no tengo ningún lunar. A mí no me gustaba estar con mucha gente, solo me encontraba rodeado de gente cuando él contaba sus historias y los demás empezaban a reunirse para escucharlo, también Julieta se juntaba a veces y yo olvidaba por completo lo que contaba Roberto mientras me perdía en los inolvidables rizos de Julieta, en su sonrisa cuando la historia terminaba en algo inesperado; no se reía a carcajadas como todos, ella tenía una sonrisa tímida que dejaba ver unos dientes ordenados en una fila perfecta color marfil. Ella no intervenía en la plática de la historia, nunca interrumpía con preguntas obvias como los demás y cuando hablaba lo hacía con voz firme pero suave, como una tela de terciopelo tensada en un sillón otomano como de los que habla Pamuk en sus libros, cómo me gustaba Julieta, siempre tan cerca y siempre tan lejos de mí.

Por las tardes salíamos juntos del colegio Roberto y yo, no vivíamos por el mismo rumbo, pero nos acompañábamos hasta la esquina de Robles y Cipreses donde muchas veces me daba cuenta de que había olvidado el suéter en el colegio y teníamos que regresar a buscarlo, ya había perdido dos tan solo en este curso escolar y mi mamá no me dejaba entrar a la casa hasta mostrar el suéter como una especie de boleto de ingreso. De regreso a la esquina de Robles y Cipreses, cada quien tomaba caminos distintos como al fin y al cabo terminó siendo, aunque en muchas ocasiones Roberto se iba a mi casa a comer y a hacer la tarea y después se marchaba a su casa. Recuerdo que alguna vez descubrió en mi cuaderno planas y planas con el nombre de Julieta y dibujos que yo hacía de ella, siempre fui mejor dibujante que escritor, él me animaba a hablar con ella, a acercarme y a decirle por lo menos hola, me decía que si yo no lo hacía alguien más lo haría y entonces estaría siempre arrepentido, como su madre que se arrepentía de no haber estudiado y se torturaba pensando que su vida sería mejor si lo hubiera hecho. Pero yo nunca tuve suficiente valor, no sé si para hablarle o para aceptar que ella no me hablara, solo me conformaba con verla desde la lejanía de mis sueños y desde el silencio de mis ojos cuando los cerraba para reafirmar en mi mente sus rasgos y poder estar siempre cerca de ella.

Una tarde de salida del colegio Roberto me dijo que se quedaría porque tenía que esperar ahí a su mamá, me pareció muy raro, pero él me dijo que su mamá le pidió que la acompañara a la estación de autobuses a preguntar no sé qué, yo lo único que pensé es que tendría que regresar solo a mi casa y prefería regresar platicando con mi mejor amigo. Lo dejé en la banca que estaba fuera del colegio, justo debajo de un hermoso, verde y enorme árbol que proyectaba una sombra trasluciéndose a través de las hojas y las ramas para cubrir a la simple banca de madera, que de no haber sido por el árbol seguro sería aún más triste de lo que la recuerdo. Camino a casa, justo llegando a la esquina de Robles y Cipreses, me di cuenta de que no traía mi suéter; no quería regresarme ya había sido muy aburrido el trayecto sin las historias de Roberto como para tener que repetirlo y además esa tarde tampoco vi a la hora de la salida a Julieta así que todo estaba mal, pero sabía que mi mamá me haría regresar de todos modos, así que me resigné a mi catastrófico retorno.

Cuando iba llegando al colegio lo primero que vi fueron esos rizos negros sentados en la banca insípida de madera, eso me llenó los ojos de luz, pero enseguida vi junto a los rizos y a los hombros frágiles, ese lunar en la nuca que siempre me había parecido curioso; me quede inmóvil, quieto como un mar sin olas viendo cómo se abrazaban, no podía creer que Roberto me traicionara, pero los ojos no mienten, ¿verdad? Me regresé corriendo a mi casa con los ojos llenos de lágrimas de dolor porque yo a ella no le importaba y de odio porque a él tampoco yo le importaba, llegué a la casa llorando y me encerré en mi cuarto, mi madre ni siquiera me preguntó por el maldito suéter, toda la tarde y parte de la noche estuve alimentando mi odio recordando todo lo que le había dicho a Roberto de Julieta, todas las frases que él había leído en mi cuaderno seguramente las usó para convencerla de lo importante que era para él, de lo bellos que eran sus rizos, de la luz de sus ojos y de la ternura de su sonrisa. Él sabía contar historias, pero solo yo sabía hablar de ella, me quedé dormido pensando cuánto lo odiaba y cuánto tendría que hacer para poder odiarla a ella también.

Amanecí con los puños cerrados y dolorido de todo el cuerpo sintiendo el mismo odio que seguramente sentía el sultán del libro de Pamuk cuando descubrió que lo habían traicionado, fue la primera vez que sentí ese ardor que te recorre el cuerpo por dentro y te entiesa todos los gestos por fuera. Llegando al colegio vi a Roberto, él se me acercó como siempre y yo lo rechacé como nunca, no podía controlarme, él empezó diciendo algo de su mamá, pero yo no lo dejé hablar y en cuanto se me destensó la quijada le dije que nunca más quería verlo, que no me hablara, que no quería sus explicaciones, que no importaba lo que pudiera decirme, que jamás volveríamos a ser amigos y que no volviera a acercarse a mí. Él intentaba hablar para justificarse, pero yo le cerré la boca de un puñetazo, nunca le había pegado a nadie, pero no quería dejarlo hablar porque sabía que podría envolverme con sus historias y yo no quería perdonarlo, quería seguir odiándolo para siempre por lo que me hizo, lo insulté de formas que no sabía que podía hacer, insulté incluso a su madre diciéndole que era una buena para nada igual que él, que mi madre sí tenía profesión y que yo también la tendría, pero que él siempre sería un cero y un inútil payaso de feria pobre. Después de eso ya no intentó explicarme ni convencerme de nada más, el ciclo escolar terminó pronto; ya no recuerdo casi nada después de eso, solo recuerdo los regresos solitarios a mi casa sin más plática que mi propio monólogo interior saboreando mi dolor, regurgitando como una amorfo manatí el odio que por novedoso en mí, sentía la necesidad de repasarlo varias veces antes de por fin tragármelo.

Al terminar ese ciclo escolar todos nos fuimos a diferentes colegios, no volví a ver al traidor Roberto ni a la hermosa aunque también traidora Julieta hasta hoy, que como todos los domingos al mediodía salí a caminar alrededor del parque que está frente a mi departamento y nuevamente la fotografía de aquel momento catastrófico de mi desgracia: en una banca blanca bajo la sombra de un árbol estaban sentados esos rizos negros como una noche sin estrellas y espesos como el bosque de Estambul que describe aquel escritor turco, sus hombros estrechos y la pequeña espalda... ahí estaba Julieta con la luz que siempre emanaba de ella, como un diamante cuando es encontrado en medio del lodo, pero enseguida vi una película que mentalmente repaso de manera espontánea cada vez que tengo ese sentimiento de odio hacia algo y busco depositarlo en algún lugar para odiarlo más; cuando siento eso, siempre pienso en esa banca, en esos rizos y en ese lunar, así vuelvo a sentir odio como la primera vez, como cuando los actores piensan en algo triste para poder llorar en una escena dramática sentí el fuego quemándome por dentro y tensando el cuerpo por fuera, siempre corro hacia ese recuerdo cuando de odiar se trata. Ahora después de años ahí estaba junto a los rizos y a los hombros frágiles y ese lunar en la nuca que siempre me había parecido curioso, tal vez porque yo casi no tengo ninguno. Esta vez ya no era un niño y decidí acercarme y enfrentarlos por fin, decirles todo lo que había sufrido por su culpa, hacerlos responsables de haberme enseñado a odiar, restregarles el costal donde había guardado ese resentimiento, culparlos una y mil veces por haberme amargado con un sentimiento que yo no conocía y que ahora por culpa de ellos me acompaña muy seguido en el corazón cada vez que lo hurgo muy profundo, eran la causa de mi tristeza constante y de mi dolorosa frustración. Me acerqué con los puños cerrados tratando de juntar todo lo que había sentido, pensado y sufrido todos estos años, repasando todo lo que quería decirles para que no se me olvidara nada, para por fin sacar ese sentimiento venenoso de mi corazón; me paré frente a ellos y en cuanto él levantó la cara me di cuenta de que no era Roberto, al parecer los lunares en la nuca son más comunes de lo que yo pensaba y solo me parecían curiosos a mí, supongo que porque yo casi no tengo ninguno. Me quedé inmóvil y casi por reflejo moví la mirada hacia ella, ella sí era Julieta y sus ojos color ámbar en los que me perdí por un momento hasta que ella me dijo:

—¿Te puedo ayudar en algo?

No pude ni siquiera abrir la boca, me di la vuelta y regresé corriendo a mi casa como si hubiera visto a un fantasma. Era ella, era su voz que me trataba con la indiferencia y la cortesía con la que se le da una moneda a un vagabundo extendiendo lo más que se puede la mano para no tocarlo por accidente, ni siquiera me reconoció, nunca fui nada, en estos años nunca pensó en mí ni con amor ni con odio, y él nunca fue él, nunca fue Roberto, nunca fue nada de lo que yo pensé durante estos años, solo fue mi mejor amigo, el que me enseñó a crear historias increíbles y por ello mismo interesantísimas. Al parecer, la mejor historia la creé para mí.

EL SUEÑO DE LA RAZÓN

A partir de "Capricho núm. 43", de Francisco de Goya.

Lo primero que hizo fue mirarse las manos, las reconoció de inmediato, tenía unas manos infantiles, pequeñas, con los dedos pequeños también, las uñas cortadas a ras sin laca ni brillito, no recordaba si alguna vez se las había pintado de algún color, casi estaba segura de que no, pero muchas veces le pasaba que estaba segura de algo y resultaba que solo lo había soñado y simplemente lo confundía con la realidad, mezclando los dos mundos en uno solo creado como una realidad paralela. Volvió a mirar sus manos solo para confirmar que era ella, enseguida miró alrededor y vio que estaba en el centro de una ciudad desconocida rodeada de gente con el rostro borroso, barría con la mirada los rostros indiferentes de las personas que pasaban a su lado, había mucho ruido, todos hablaban pero no entre ellos, luces y carteles neón por todos lados, había sonidos feroces de autos, murmullos; el ruido la distraía y al mismo tiempo la mantenía concentrada en intentar escuchar algo o descifrar alguna palabra, queriendo reconocer el idioma para saber si era el mismo que el de ella... mientras más caminaba, más se daba cuenta de que estaba perdida, de que no sabía en dónde estaba y tampoco estaba segura de quién era.

Empezó a caminar entre la gente, se sentía libre y no hay nada más aterrador que la libertad, así que cada vez caminaba con más velocidad en busca de algo o de alguien que le resultara familiar, volteaba la vista para todos lados, pero solo miraba un montón de gente inconexa y solitaria pero al mismo tiempo cada una igual a la otra, formando una masa homogénea de seres que parecían producidos en serie. Mientras se abría paso le subía el ritmo cardiaco, le comenzaron a sudar las manos, sentía una opresión cada vez más intensa en el pecho y el doloroso y profundo vacío en el estómago se hacía más insoportable, se le nublaba la vista y justo en el momento en que sentía que se iba a desmayar, despertó de un brinco, estaba sudando frío en el asiento trasero del destartalado camión de pasajeros; totalmente sobresaltada con la saliva amarga y un sentimiento de soledad y tristeza que emanaba de lo más profundo de su interior, miró por la ventana intentando reconocer el paisaje y ahí se dio cuenta que se había pasado de su bajada, no sabía si estaba lejos o cerca, pero sabía que no estaba en donde debería estar, se bajó en cuanto pudo y empezó a caminar. ¡Uf!, todo había sido un sueño como siempre.

Miró alrededor intentando adivinar si se había bajado varias paradas antes o varias paradas después de su lugar de siempre, se miró las manos para constatar que era ella, la túnica le cubría todo el cuerpo, solo quedaban al descubierto las manos y los ojos, como en aquellos viajes oníricos de Carrington en donde los ojos están en las palmas de las manos. Comenzó a caminar y se encontró enseguida en medio de un mercado, había alfombras, aves y jaulas, burkas tan bellas como infames, frutas, animales y pieles de animales, semillas de colores ocre, rojas y amarillas que resaltaban aún más sobre una tela azul tendida en el piso; pero sobre todo había gente, había mucha gente, todos se le acercaban demasiado porque no había suficiente espacio en los estrechos e improvisados pasillos para caminar, las mujeres como ella, cubiertas de la cabeza a los pies, solo con las manos libres para poder hacer los trueques. Empezó a desesperarse y a caminar más rápido, pero la gente se le apretaba aún más, los olores a comida se revolvían con los olores humanos a sudor agrio y a orines viejos, las manos le sudaban y sentía que le faltaba el aire, el vacío en el estómago le carcomía las entrañas, buscaba con la mirada a alguien o a algo que le fuera familiar, sintió que se quedaría ahí para siempre y que nunca nadie sabría en dónde estaba ni porque no regresó jamás, nadie la buscaría en ese lugar y tendría que hacer de la nada un nueva vida, como un recién nacido pero sin guía, ni cuidado, ni compañía, ni amor. Qué sería de ella en un lugar ajeno, con gente ajena, ajena incluso de ella misma, distinta de sí misma e igual a los otros, igual a quien no era; la garganta se le cerró y sentía que el grito se le ahogaba porque no había inmensidad posible que la escuchara, estaba a punto de ponerse a llorar y de repente dio un brinco cuando su madre la despertó abrazándola con fuerza y diciéndole entre lágrimas:

—Aquí estabas, qué susto me diste, ¡ay!, hija, ¡qué susto me diste!

La mujer estaba pálida y fría como el David, caminaba de un lugar a otro recorriendo toda la planta baja del enorme lugar, primero como era lógico, fue al área lúdica y observó minuciosamente cada uno de los mueblecitos de colores, los enormes *puffs* y la sala de televisión y nada, fue al segundo piso y recorrió cada pasillo casi corriendo pero con sumo cuidado, fue a la sala de lectura y caminó por entre las mesas individuales, se asomó incluso por debajo de las mesas y nada, ya iba sudando frío y las manos se le resbalaban del barandal mientras subía apresurada los escalones de dos en dos. Llegó hasta el tercer y último piso, sintió que los pies casi ya no tocaban el suelo y el corazón se le pegaba a la espina dorsal, el vacío en el estómago se hacía más profundo y doloroso, la cabeza le retumbaba recriminándole:

—¿Por qué, por qué, si fue solo un momento? ¡No puede ser!

Recorrió todo el piso sin éxito y de pronto vio una puerta de cristal que decía "Incunables antes de 1501", la abrió con cuidado y en el primer pasillo ahí estaba ella dormida, sentada en el piso y recargada en un anaquel de madera maciza, hermosamente tallado y barnizado, con un libro de cuentos de Horacio Quiroga puesto sobre las piernas infantiles estiradas sobre la alfombra verde, la mujer abrazó con fuerza a la niña que despertó de un brinco y le dijo entre lágrimas:

—Aquí estabas, ¡qué susto me diste!, ¡ay!, hija, ¡qué susto me diste!

Solo perdemos lo que alguna vez nos perteneció y sé que alguna vez fui mía. Así que, algo nos murmurarán en secreto los sueños que la vigilia no quiere que se sepan.

LA BRUJA

Era una tarde cálida, de esas en las que me gustaba salir a caminar al parque, acostarme sobre el pasto y quedarme dormida mientras veía la línea interminable que formaban las hormigas cargando hojas y pequeños palitos, poco a poco iban formando caminos que se parecen mucho a las espirales, al ir y venir de las líneas de la palma de la mano. Me despertó un hormigueo en la mano derecha, me ardía la mitad de la cara y tenía la mitad del cuerpo caliente, me empecé a frotar intensamente la mano y a apretarla como exprimiéndola para que la circulación regresara de forma natural y se me pasara la *entumición*, mi abuela siempre me decía que si los músculos no se mueven se quedan ociosamente dormidos en espera de que los exprimamos para despertarlos de nuevo y que regresen al trabajo; la abuela nunca dejaba que se le entumiera nada, trabajaba sin descanso para no darle paso a ningún sentimiento que tuviera la osadía de meterse en un cuerpo dormido y al encontrar los músculos entumecidos les resultara fácil quedarse y hacer sentir incómoda a la abuela: cosas como el amor, la misericordia o la ternura no eran propias para gente de músculos activos y trabajadores como los de ella. De pronto, me perdí mirándome la palma de la mano, nunca me había fijado que las tenía muy pálidas y que a la luz del sol resplandecían como si tuvieran diminutos brillantes incrustados en cada diminuto poro de la piel que las abarca, me fui perdiendo en las hipnóticas líneas que daban vueltas en espiral, en la deslumbrante blancura del sol sobre las líneas de mi mano, unas horizontales, otras atravesadas de manera vertical que se interrumpían entre ellas brusca y arbitrariamente, unas tenues y delgadas, otras como profundos surcos cuarteando la tierra seca, algunas atravesaban la mano sin interferencia alguna, otras se entrecruzaban y continuaban triunfantes su camino y otras tantas interrumpidas con el paso de algunas más intensas que les impedían el paso y les cortaban por completo la brecha que, tal vez, estaban destinadas a continuar o tal vez, simplemente, estaban destinadas a ser truncadas por aquellas otras más fuertes, más profundas, más resistentes y por lo tanto más orgullosas y soberbias en tanto no se dejan doblegar por la ternura o la sencillez de las más asustadizas y discretas.

Mirándome las manos me fui abstrayendo cada vez más como cuando me quedaba inmóvil frente al mar mirando la violenta danza de las olas, me miré las espirales y las líneas de las manos que poco a poco se convirtieron en las manos que algún día fueron y que por ese breve instante parecían volver de la niñez, se veían casi iguales a mis manos de hoy pero más delgadas, rosadas y tersas, eran ahora las manos de una joven inquieta en busca de emociones y explicaciones del fin o del origen del mundo, del porvenir y del destino, del futuro y sus misterios, todo lo que fuera estar lejos de pensar que la religión era la explicación para todo y que eso era lo único que regía el orden de las cosas… Ella quería un nuevo orden de todo, quería explicaciones esotéricas y revelaciones fantásticas que le ayudaran a descubrir el destino que seguramente tenía escrito en algún libro, algún creador que gustaba de sentarse en su trono a mover los hilos de la vida de cada quien y divertirse jalándolos de más o de menos, dependiendo de su humor, ella suponía que tenía un destino marcado desde su nacimiento y desde ya, quería saber cuál era. Desde muy chica le daban curiosidad las líneas de sus manos y cuando se las miraba, siempre le llamaba mucho la atención una línea larga y profunda que le atravesaba toda la palma de la mano, esa debía ser la línea del corazón porque eso era lo más profundo en su ser, ese era el lugar en donde muchas veces el espacio de lo que quería tener estaba ocupado por lo que se conformaba a tener.

En el corazón es donde muchas veces se extrañan los momentos en los que fuimos felices, es el corazón el que se llena de melancolía que termina inundando todo a su alrededor, somos necios por naturaleza y buscamos siempre regresar a aquello a lo que extrañamos, voluntaria o involuntariamente, a la felicidad probada, al nido conocido, a aquello a lo que nuestra mente convierte en ideal y le sigue diciendo al corazón que no lo suelte, que aún existe, que aún le pertenece, aunque en el fondo todos sabemos que si volviéramos a ello, seguramente ya no quedarían más que los escombros de lo que un día fue, o si estamos de suerte, tal vez, tendríamos el recuerdo de un paraíso inexistente que creamos solo para nosotros con nuestras pequeñas manos llenas de pétalos frescos, impregnados de perfumes irrepetibles y de tersura inigualable, pero que al limpiarnos bien la bruma de la vista podemos verlos tal como son, llenos de filosas espinas que arañan y dejan brotar la sangre; así como cuando las verdades son reveladas sin delicadezas, se caen los velos blancos que las cubren y quedan expuestas en cueros, llenas de vergüenza, pasando frio y vulnerables al escrutinio hostil de aquellos seres perfectos que nunca descansan de la perfección y nunca dejan que se les duerma ni un músculo por temor a perder el control y luego tener que exprimir fuerte para recuperarlo a toda costa. No sé por qué de pronto me acordé de nuevo de la abuela, de nuestra protagonista.

Al poco rato, le llamó la atención una línea gruesa que parecía como si estuviera hecha de cinco o seis líneas muy esbeltas, tejidas en una especie de trenza, esa línea siempre parecía estar en movimiento, pasando a través de las otras líneas, brincando obstáculos y resistiendo en todo momento y, de pronto, se acordó del abuelo, no recordaba haber observado con detalle las palmas de sus manos nunca, pero sí recordaba la parte del dorso de la mano de su abuelo, eran muy gruesas y callosas, con los nudillos resecos y las uñas descuidadas, era albañil y todo lo había aprendido de manera, como dicen ahora, orgánica, viendo a los otros hacer se hizo él también, nunca lo vio leyendo o escribiendo, después supo que él no sabía leer ni escribir, si le hubiera podido ver sus líneas de la mano, lo hubiera sabido de inmediato porque la línea de la cabeza la hubiera tenido restringida, él solo ocupaba la línea del corazón, daba lo que tenía sin pensar si le haría falta después, no se martirizaba pensando de dónde veníamos ni a dónde íbamos, ni le importaba saber cómo había surgido la vida, no sabía del *Big Bang* ni de la fotosíntesis, no le interesaba saber cómo demonios se extinguieron los dinosaurios, él era feliz en el día que vivía, trabajaba para vivir, pero sobre todo vivía, no se creía listo, no presumía lo que no tenía, pero tampoco lo que sí tenía, porque tenía un gran corazón y una alegría que contagiaba a las mentes más ecuánimes y tiesas. La línea de ella era tan tristemente distinta que estaba deconstruyéndose todo el tiempo, era una línea que a veces estaba tan ocupada fingiendo ser inteligente solo para que no la destruyan, que muchas veces se le olvidaba quién era en realidad, pero siempre la delataba lo que le corre por las venas, la sangre es del mismo color para todos y ella llevaba la misma sangre que el abuelo, así que se tranquilizaba creyendo que algo bueno había en ella.

En esas estaba cuando le empezó a brincar una línea muy inestable, es una línea sin palabra de honor porque sin más preámbulo ni aviso se ha llevado a gente amada por ella, un "te veo al rato" se había convertido en un adiós, un "mañana comemos a las tres en mi casa" se había convertido en un plato de sopa helándose ya servido en la mesa, un beso de las buenas noches se había convertido en el último beso; si ella hubiera podido ver la mano de estos seres, hubiera podido darse cuenta que su línea de la vida era muy corta, que estaba por agotarse, ella les hubiera podido decir,

—Vive hoy, ahora, en este instante, no hay más tarde ni mañana.

Veía su mano y sabía que esa línea es traicionera, que es una línea que aunque estaba en su propia mano, nunca estaba realmente en sus manos, no sabía en dónde termina y tampoco estaba segura dónde había empezado.

Dicen por ahí que todo en esta vida pasa, pasan las alegrías y las amarguras, pero yo creo que el verdadero problema está en la velocidad con la que pasan cada una de ellas, las alegrías siempre efímeras y despiadadamente ágiles, las amarguras siempre lentas y tiernamente tomándose el tiempo para dejarse saborear el dolor; a ver si así, algún día, entendemos que lo único que hay que hacer es vivir, pero nunca lo hacemos, sé que esa línea muestra en realidad lo que cada uno quiere ver, pero yo no confiaría tanto en ella y me pondría dispuesta a disfrutar mientras pueda aunque sea por intermitentes momentos. Hoy sé que un día aparecen tormentas inexplicable que nublan el panorama, que brincan de pronto fieras de ojos rojos que afilan las garras para atacar en cuanto tengan la mínima oportunidad y entonces no hay más que silencio, que la luz se apaga sin avisar, las aves se callan, se cierra el sol y con suerte solo queda caminar hacia la misteriosa luz de lo desconocido.

El destino es un sensible, delicado y tierno diente de león siendo soplado en una constante y despiadada repetición por un ser que a veces quiere abrazarnos con misericordia y a veces solo divertirse un poco mientras el fuego nos abrasa… pero sigamos con nuestra protagonista.

Después de semanas de darle vueltas al tema, un día por fin se decidió, claro que su madre también fue de gran ayuda porque la noche anterior la había regañado por no lavar los trastes y le había lanzado una especie de conjuro combinado con clarividencia:

—Ya verás que tendrás hijos y ninguno de los que tengas te va a hacer caso, serán hijos desobedientes y desconsiderados como tú.

Esto le enfrió la sangre en el momento y quiso saber si ese sería en verdad su destino y, mejor aún, si ella podría torcerlo. Lo más lógico para salir de esa duda era obvio, ir a visitar a una bruja, únicamente así podría quitarse esa incertidumbre, ya le habían hablado de una mujer que tenía poderes adivinatorios, que leía las cartas y que tan solo con verte y tocarte la palma de la mano podría saber tu futuro, tanto el inmediato como el futuro del resto de tu vida; era una idea agridulce para ella poder saber lo bueno y lo malo de tu vida antes que nadie, antes de que sucediera y aún mejor, antes de que fuera un hecho consumado y así poder cambiarlo a su gusto.

La bruja vivía lejos de su casa, lejos de su escuela, lejos la iglesia a la que ella iba los domingos, lejos de todo lo conocido y como ni la orientación, ni encontrar direcciones, ni la valentía habían sido nunca su fuerte, decidió juntar a otras dos amigas para agarrar valor y emprender el camino hacia la casa de la bruja sin perderse en el intento; claramente lo mejor era que fueran tres, tres es un número cabalístico, el tres es la mitad del seis que es el número de la bestia y muchas cosas son de tres en tres, como los tres mosqueteros o los tres cochinitos y para agarrar valor siempre se dice una, dos y tres, así que lo mejor era que ellas fueran tres, todo era parte de un destino que iba marcando su camino al encuentro de la bruja, nada es suerte, nada es casualidad todo está escrito, todo es causalidad.

Se salieron de la escuela temprano para poder ir y regresar a tiempo a la hora del toque de salida y estar afuera del colegio como recién salidas de clase de mecanografía con Sor Refugio, caminaron por largo rato bajo el infame rayo de sol que calentaba siempre su pueblo, el asfalto ardía incluso a través de las suelas de los zapatos de goma, cuando llegaron a la parte donde el pavimento terminaba y se empataba con una calle de tierra seca se sintieron un poco aliviadas de los pies, pero al poco rato ya tenían la cara llena de tierra color ocre que combinada con el sudor se hacía una costra chocolatosa cubriendo la frente y escurriendo por las patillas al lado de las orejas, como infames aretes de mugre; pero nada era más importante que llegar, no perdieron el ímpetu, la suerte ya estaba echada, su destino era llegar y así continuaron hasta mirarse frente a una reja blanca de barrotes separados que dejaban ver hacia adentro el pasillo de una vecindad vieja y mal pintada. No había nadie en la entrada así que pasaron riéndose y empujándose unas a otras, de pronto, salió un hombre con uniforme de obrero y con una especie de lonchera, al verlo se quedaron quietas y serias, el hombre les dijo con una especie de mueca de medio lado que lo que buscaban estaba en la última puerta, que tocaran fuerte porque la vieja ya casi no oía, se empezaron a reír como de nervios y corrieron hacía la última puerta. Ni siquiera hubo necesidad de tocar porque en cuanto se acercaron abrió una mujer con un vestido blanco que le cubría hasta los pies haciendo parecer como si flotara sin tocar ni mínimamente el suelo, era de piel muy morena, arrugada y reseca, de pelo completamente blanco como los cirios de la iglesia a la que iba los domingos y largo como la penitencia que le hacían cumplir en la cuaresma las monjas por todos los pecados que cometía, pero lo que hipnotizaba de inmediato eran sus ojos enormemente verdes como las esmeraldas y de la misma profundidad de un bosque impenetrable; aquellas se sentían como tres hormigas entrando en la espesura de un arbusto para sacar solo un fragmento de una hoja, de pronto una voz ronca y áspera cortó el silencio,

—¿Quién va a pasar primero?

Como ya saben, aquella chamaca nunca ha sido valiente, pero siempre ha sido atrevida, así que la voz chillona y aniñada enseguida contestó:

—Yo, yo voy primero.

La mujer se movía lento, envuelta en esa especie de túnica blanca que la hacía ver como un ángel o un demonio, aún no se sabía qué, caminó por en medio de una cortina blanca que separaba un cuarto del otro, la cual se partía a la mitad y olía a limpio pero a viejo, ella nunca había olido ese aroma, pero ahora sabe que se llama alcanfor y que mucha gente lo usaba para conservar libre de la humedad la ropa limpia; su pueblo era ardiente y húmedo así que, tiempo después, se enteró de que mucha gente usaba ese alcanfor en su ropero, en casa de ella nunca lo usaron ni antes ni después, su madre era una mujer de ciencia que no creía en supersticiones ni en remedios caseros. Se sentaron frente a una mesa pequeña con un mantel blanco, mientras la mujer se acomodaba, ella empezó a mirar a su alrededor para observar con detenimiento el lugar, francamente ella esperaba ver estatuas de diablos, inciensos, imágenes malvadas, velas negras y hasta una bola de cristal llena de humo en medio de la mesa, pero no había nada de eso; ni de eso, ni de ninguna otra cosa, no había absolutamente nada en las paredes que parecían recién pintadas de blanco, solo estaba la mesa, el mantel, dos sillas, el olor a alcanfor y una lámpara sobre la mesa alumbrando un bonchecito de cartas rectangulares de tamaño más grande de las que ella solía usar para jugar ferrocarril o póker, las cartas tenían una apariencia

61

desconocida para ella y estaban enmicadas de forma individual, se veían limpias pero viejas.

Cuando se sentaron, la mujer la miró fijamente con los profundos ojos de esmeralda y le dijo:

—A ti no te voy a leer las cartas, te voy a leer la mano.

Retiró el bonchecito de cartas que ella ya tenía mucha curiosidad de ver y le extendió su mano para que ella también le extendiera la suya, la mano de la bruja estaba fría, pero la de ella estaba helada y resplandeciendo como si tuviera diminutos brillantes incrustados en cada diminuto poro de la piel que la abarca, le dijo que no tuviera miedo mientras le acariciaba gentilmente la palma de la mano como intentando quitar un velo invisible que la cubría.

—La primera que veo aquí, es la línea de la vida, tendrás una vida larga pero triste y solitaria, vas a vivir muchos años. Veo la línea del corazón y en esa no te veo mucha suerte, te vas a enamorar de un hombre, pero ese hombre te va a traicionar y te va a hacer sufrir mucho, te vas a casar con él, pero él te hará pasar una vida miserable, tienes una línea de traición muy marcada, así que lo más seguro es que también algunas amistades a las que quieres mucho te traicionen y hablen mal de ti a tus espaldas.

—Bueno, pero ¿voy a tener hijos?, ¿cómo van a ser?, ¿van a ser obedientes?

—No veo nada de hijos, parece que estás destinada a estar sola, eso es todo lo que veo.

La bruja retiró su mano y le dijo que eso era todo, que ya habían acabado.

—Sal y dile a tus amigas que ya es tarde y que se tienen que ir, que estoy sintiendo muchos vientos de desgracia desde que tú entraste y ya no puedo verlas a ellas, si quieren regresen mañana, pero tú ya no vengas, ya contigo terminé, deja el dinero sobre la mesa que está junto a la puerta y jalen fuerte para cerrar.

Cuando ella salió a dar la notica a las otras, les pareció bien no tener que entrar con la bruja, dijeron que les dio mucho miedo su cara tan negra, sus manos huesudas, los enormes ojos esmeralda que parecían jalarlas hacía un bosque misterioso y su vestido blanco que parecía un resplandor que las cegaba.

Ese mismo resplandor blanco me cegaba ahora a mí y sentí como si fuera yo, saliendo poco a poco del viaje a las hipnóticas líneas de mi mano que ya empezaba a calentarse y a desentumirse, las hormigas seguían su camino en marcha perfecta, parecían soldados en un desfile cargando banderas de diferentes colores y tamaños, sobra decir que vivo sola, que nunca me casé, que nunca tuve hijos, que sigo siendo la misma cobarde que fui de niña porque el que se queda solo no es por falta de ganas de estar acompañado, es por falta de valor, al fin y al cabo el dos es un número cabalístico: Adán y Eva eran dos, estamos creados con dos manos, pies, ojos, orejas, lo de una sola boca es una extraña excepción y, según Platón, todos buscamos nuestra otra mitad de la que fuimos separados, nuestra media naranja, además dos y dos son cuatro, cuatro y dos son seis, todo es destino, así que me quedé sola por decisión y, un poco, por falta del valor que se requiere para estar dispuesta a desdibujarse y permitir que el color del otro tiña más fuerte que el propio y termine pintando incluso nuestro propio contorno hasta borrarnos por completo. La bruja bien auguró mi destino, solo que fui más lista y decidí torcerlo y quedarme sola antes de tener que pasar por todo el sufrimiento que me dijo que pasaría, por toda la traición de amigos y amores infames, mejor no me arriesgué y yo decidí y cambié mi propio destino. Es cierto que lo de la vida larga y solitaria sí se cumplió, pero solo eso, porque por lo demás yo decidí, no tuve amigos para que no me traicionaran, no tuve amores para que no me ofendieran y tampoco tuve hijos para que no me desobedecieran, al final de cuentas gané y logré torcer mi propio destino.

EL PAQUETE

Por la tarde regresé de la universidad y en la entrada del departamento estaba un paquete, lo empujé con el pie hacia adentro y cerré la puerta, cuando me desocupé de las manos me acerqué a checar el paquete, me pareció muy extraño porque no recordaba haber pedido algo y a mi nada se me olvidaba; la dirección era la correcta y el nombre casi era el correcto: decía para Leonora D y yo era Leonora C. Tomé el teléfono y hablé de inmediato a la mensajería para que fueran a recogerlo, yo odiaba las cosas mal puestas y ese paquete definitivamente estaba mal puesto ahí en la entrada.

—Más tarde pasará un empleado a recoger el paquete, disculpe la confusión y gracias por su amabilidad y honestidad por no abrir el paquete.

La honestidad nunca me ha parecido una amabilidad sino un valor básico en cualquier ser humano. Por la tarde me puse a calificar los trabajos de mis alumnos de la universidad, como siempre, puse mi mesa de trabajo en total orden para empezar, pero algo me perturbó, sentí como si alguien desde lejos me observara aunque yo sentía los ojos desde muy cerca; sí, claro, era el paquete, sentía que me miraba desde la entrada rompiendo la perfecta simetría de las patas del comedor alineadas con las líneas de los empates de los mosaicos del piso monocromático. Mirando el piso me perdí en mis pensamientos y me acordé del piso de la casa de papá, también era de cuadros monocromáticos pero más pequeños y con textura más áspera, entonces me acordé de papá, era un hombre muy dulce, amable y amoroso, muy trabajador, de esos profesionistas que nunca fueron a la universidad, pero que se ganaron el título de *inge* por su experiencia y trabajo diario, antes se podía ser *inge* sin tener un título que lo avalara. Trabajó desde muy joven en el ingenio azucarero y conocía mejor que los ingenieros con título el proceso de la caña de azúcar, desde surcar la tierra, la siembra de la caña, cuándo y cómo fertilizar, hasta la quema de los cañales para eliminar la maleza, los roedores y las serpientes, las fechas de zafra y los procesos para sacar azúcar morena o azúcar refinada... siempre me gustó más la azúcar morena porque respeta su origen, no es pretenciosa y no desea ser algo que no es, no se somete al proceso de refinarse. Al *inge* todos lo saludaban con afecto, el *inge* era un buen patrón y era aún un mejor hombre, el *inge* una vez me contó su gran secreto, le gustaba dibujar y pintar, salía temprano para aprovechar la hermosa luz que madrugaba y se asomaba con cautela para colorear tímida pero intensamente de rojo la superficie del ancho río, mientras el aire húmedo y cálido movía en una danza interminable las flores de los cañaverales.

El paquete rompía mi orden y mi esquema, pero también rompía mi monotonía dejando salir la espontaneidad del momento. Esa tarde se me hizo de noche pensando en papá, hasta me dormí treinta minutos después de mi hora de siempre, qué locura.

Al otro día me levanté a la hora de siempre, tengo un excelente reloj biológico, pero al llegar al comedor me di cuenta de que había dejado las libretas, los lápices, la calculadora y hasta el libro de Baldor regado como una zona de guerra por toda la mesa, qué descuido de mí parte, eso nunca me había pasado. Miré de reojo otra vez el paquete y verlo ahí como un vendedor insistente me desorganizaba la mente, ¿cuándo pensarían venir por él? De camino hablé nuevamente a la mensajería.

—Más tarde pasará un empleado a recoger el paquete, disculpe la confusión y gracias por su amabilidad y honestidad por no abrir el paquete.

Durante las clases, un alumno me señaló con aire triunfalista que me había equivocado en el proceso de una derivada, me sentí indignada y lo chequé dos veces con mis apuntes y una tercera vez con el libro de Baldor, con la cara enrojecida de vergüenza reconocí mi error, todos se sorprendieron, pero yo me sorprendí mucho más, eso nunca me había pasado.

Regresé al departamento francamente irritada y al entrar lo primero que ví fue el paquete, qué distracción la mía, tenía que dejarlo afuera para que pasaran por él. Me resigné a tener otra noche ese huésped indeseable, me detuve a observarlo un momento y me di cuenta que tenía unas franjas de un color rojo muy intenso, las enormes letras con el nombre de la paquetería también eran de ese color, un rojo tan fuerte que me hizo recordar nuevamente a papá.

Aquella tarde, el *inge* había ido a pintar junto a los cañales solitarios, las varas de caña parecían soldados en perfecta formación esperado la orden de su superior para poder moverse, a esa hora su única compañía era el potente sol que aunque ya venía de bajada aún dejaba sentir un calor abrasador todavía más sofocante en medio de las cañas humeantes recién quemadas. Le gustaba pintar de rojo intenso el fuego que parecía la melena de un león incontrolable, el cañal vivo como un infierno que te abre las puertas y te invita a entrar, las llamaradas como látigos domando las varas de los cañaverales, y después la calma, las varas ardiendo por dentro pero en pie, sin tambalearse un milímetro, ennegrecidas pero más vivas que nunca, para ellas era morir para vivir, morir para llevar el dulzor de la tierra a los voraces depredadores que no conocen límites y nunca saben cuándo detenerse.

Mientras papá veía por última vez aquel rojo intenso, un obrero fue a buscar al *inge* a la casa y yo fui a buscar al *inge* al cañal, un fallo de energía en las calderas y el *inge* tuvo que entrar al ingenio a solucionar la emergencia, pero ya nunca salió: un accidente como hay tantos no lo dejó volver, regresó su cuerpo, sus huesos, sus entrañas, pero su dulce esencia y su presencia nunca regresaron.

Papá no volvió y me quedé al cuidado de la tía Lupe, ella me quería como una hija, era una mujer buena y muy trabajadora igual que papá, supongo que era una especie de legado de familia. Cuando papá no regresó empecé a dibujar en los cuadernos, eso me hacía sentir más cerca de él, me gustaba dibujar en el de matemáticas, yo creo que los cuadros me ayudaban a guiar mi mano inexperta, pero un día me descubrió la tía Lupe, fue la única vez que la vi enojada y firme conmigo, me dijo que yo no tenía tiempo de soñar con ser pintora o artista o alguna de esas cosas raras que no sirven para pagar las cuentas, que nosotras solo nos teníamos la una a la otra y que eventualmente solo me tendría yo misma, nadie vería por mí, nadie podría tejer como una araña persistente y concentrada mi futuro, un futuro que desde niña me alcanzó convirtiéndome en una pequeña adulta, educada, correcta, precisa y perfecta.

Supongo que el paquete me molestaba tanto porque me recordaba la caja que construí para guardar el sufrimiento, la tristeza y el dolor de haber perdido primero a papá y después a la tía Lupe, a la mujer que me trajo al mundo nunca la conocí, así que ella no habitaba en esa caja, en mi caja personal de Pandora; a veces me pregunto si todo el mundo tendrá una bajo su cama.

Se me hizo tarde para llegar a la universidad, con total descuido me tropecé con el paquete y con el empujón sin querer lo rompí de una esquina, intenté arreglarlo, yo no podía entregar ese paquete en mal estado, pero en mi intento desesperado por arreglarlo lo rompí más: le hice un pequeño orificio por donde se asomó traviesamente un pincel y ya no pude detenerme, fue como el comer o el rascar, el asunto solo es empezar. Saqué del paquete una caja de pinturas en donde el protagonista era el hermoso color rojo, había pinceles, acuarelas, bastidor y hasta un caballete, sobra decir que me pase la noche pintando o intentando hacerlo mientras la luna y las estrellas fueron mis únicos testigos silenciosos junto al único ventanal grande que había en mi departamento.

El sonido del timbre me sacó con violencia de mi sueño estelar, era el empleado de la mensajería, lo atendí con el pelo y las ideas desordenadas y le pedí que esperara en la entrada, le entregué el paquete y de inmediato se dio cuenta de mi fallido esfuerzo por pegarlo y hacerlo parecer intacto, solo se rió y volvió a acomodar las cosas, las libretas, la calculadora y el libro de Baldor en el paquete; hasta se dio tiempo de hacer un chiste del libro diciendo que a él las matemáticas nunca le sirvieron para nada, que había vivido muy bien sin saber de ellas, pasó la cinta roja adhesiva de la paquetería por prácticamente todo el paquete y se marchó.

Mañana seguramente tendré que ir a la librería por otro libro del hombre del turbante, pero hoy tengo el alma al aire y los dedos en el pincel, me siento libre mirando a papá mientras pinta el río en una tarde tibia de verano, voltea a verme y me sonríe con esa dulzura con la que nunca nadie me ha vuelto a mirarme. Nuestra salida de emergencia siempre es hacia adentro porque nuestra esencia está en el origen, como las raíces de la caña que aunque las quemen siempre persisten, vuelven a crecer y a dejar que sus hermosas y vaporosas flores sean mecidas por el viento húmedo y cálido. Aunque sea de vez en cuando, hay que tener el valor para quitarle los grilletes al niño que sometimos para convertirnos en adultos.

LA FLOR MÁS BELLA DEL EJIDO

Aunque los campesinos regaban la tierra y cuidaban de ella con amor y paciencia, el campo seguía seco, resquebrajándose en color ocre y en solitario abandono, ignorante por completo del esfuerzo y la dedicación de los campesinos; ellos se tronaban los dedos pensando si tendrían otra oportunidad, se gastaban las noches y los días pidiendo al sol y a la luna un solo deseo, hasta que un día por fin la gota de la constancia derramó el vaso de los milagros y surgió en medio de la nada una pequeña flor.

La pequeña flor alegró el corazón afligido de los campesinos, tiñó de verde intenso el pasto y el pálido paisaje se llenó de color, la pequeña flor tenía un espíritu alegre y aventurero, era intrépida y curiosa, todo el amor y las atenciones eran para ella, todos le daban su tiempo a la pequeña flor, la cuidaban regándola y abonándola con ternura, arrancando cualquier maleza que empezara a crecer a su alrededor, sus pétalos tersos estaban impregnados del perfume de la nobleza y la inocencia... en verdad era la flor más bella del ejido. Aquella flor lo tenía todo, era feliz y lo sabía, plena, completa y profundamente amada.

Pero, pero, pero —siempre hay un entrometido pero dispuesto a cambiar el rumbo de las cosas— así que el pero fue el tiempo, porque el tiempo no detiene su tic-tac y sigue su curso pasando por encima de lo que sea, la guadaña de Cronos no espera a nadie y cae sin piedad sobre la yugular de cualquier ser; así que la pequeña flor inevitablemente creció y empezó a ser solo la flor (o la flor sola), la flor que tuvo que resistir sola los embates de la violenta naturaleza, las lloviznas que se convertían en tempestades, el sol inclemente que la abrazaba y la abrasaba al mismo tiempo, las devoradoras plagas y los vendavales que la deshojaban y marchitaban. A la flor le nacieron filosas espinas que la defendieron enterrándose en las manos de extraños, pero también las espinas le arañaron el corazón a ella mientras se ahogaba en suspiros estériles al borde de la extinción; pero —siempre hay un pero cambiando el orden de las cosas— pero la flor tenía raíces profundas y fuertes, así que pudo resistir adaptándose a los nuevos climas y a las cambiantes características de los terrenos, siempre se levantaba, se sacudía los estropicios, miraba a los campesinos y continuaba dándole color al campo.

—En muchas ocasiones te he perdido de vista pequeña flor, a veces la niebla del resentimiento y la bruma del rencor no me han dejado verte por más que insista en aclararme los ojos frotándome con los puños las lágrimas necias que insisten en salir, a veces ante la indiferencia y el deseo de venganza no logro verte y si no te veo no me veo a mí, necesito la luz que solo da la oscuridad que se ha sido superada; no sé quién soy, y me pierdo en campos llenos de plantas que han crecido sin amor, casi silvestres, sin que alguien las cuide, plantas vacías a las que no se les puede exigir nada porque es imposible dar lo que no se tiene, porque el vaso solo derrama de lo que está lleno.

»Hoy te veo a la distancia y me doy cuenta que me diste todo y solo te he quedado debiendo, me avergüenza reconocer que no soy lo que sin duda tú te merecías que fuera y me enorgullece pensar que tú siempre serás sin duda lo que yo quise ser, solo he procurado aferrarme al recuerdo de tu sonrisa infantil, a la paz que abrigabas en el corazón, a tus pétalos que como pequeñas manos daban y daban a los demás como si fuera un oficio, a tus ojos que no sabían mentir y a tu alma que intentaba ser limpia y leal a pesar de lo que fuera; aunque hoy por hoy eso ya no resulte un buen negocio, hay muchas flores artificiales que se venden muy caro, que parecen recién cortadas y huelen a perfume de atomizador.

A veces solo quisiera el abrazo dulce, volver a sentir la tierra húmeda, el olor del campo recién mojado por la lluvia de primavera, el sonido de los inquietos grillos al atardecer, las luciérnagas nerviosas brillando en mitad de la noche y las aves atravesando el cielo azul en una danza incansablemente perfecta.

—A veces te extraño tanto, pequeña flor, que desearía volver a ti, reflejarme en los ojos de los campesinos y permanecer inmóvil mirando al sol mientras se oculta, disfrutar desde el fresco de la mañana hasta la tibieza de la tarde y dejar que el mundo siga, simplemente dejar que el mundo arda tras de mí. Pero —siempre hay un pero— como dice la canción, a los sitios donde fuimos felices nunca deberíamos tratar de volver.

RUIDO ESCANDALOSO

Ruido, ruido, ruido escandaloso como siempre; solo que esa tarde nosotros lucíamos diferente, unos usábamos suéter y otros sudaderas, pero en cualquier caso estábamos contentos de poder usar la ropa de frío que permanecía guardada casi todo el año en los roperos. Era una curiosidad para mí ponerme aquel suéter morado con botones al frente y con una especie de escudo escolar bordado del lado derecho, solo me lo podía poner en diciembre. Creo que mi mamá aún lo guarda, es que ella guarda todo.

Corríamos en el patio de la casa de mi abuela, era un patio grande donde mi abuela tenía algo así como un zoológico campirano, allí criaba diferentes especies de animales —incluyéndonos a nosotros— tenía patos, gallinas, pollos, gallos de pelea, conejos, guajolotes que nos correteaban por todo el patio mientras abrían sus enormes alas y hacían un ruido fuerte y gutural y también tenía siempre un puerquito que acostumbraba comprar en mayo y engordarlo hasta diciembre cuando decía que ya le había llegado su hora. Nos dejaba ponerles nombres a todos los animales menos al puerquito, supongo que si nombramos a alguien por su nombre es más sencillo recordarlo, soñar con él o nombrarlo en cualquier conversación, porque es más fácil decir: "me acordé de Juan", "anoche soñé con Juan" o "ahora que hablamos de Juan"; en cambio cuando hablas de algo que no tiene nombre propio, le quitas la identidad y no te puedes encariñar con algo que no tiene identidad propia, por eso el puerquito era simplemente eso: un puerquito diferente cada mayo, pero el mismo cada diciembre que iba directo al matadero.

La abuela interrumpió la corretiza con un grito seco, firme y claro, así como era ella:

—Toda la chamaquera para afuera, se sientan todos en la banqueta y yo les aviso cuando entren otra vez.

No éramos muchos, pero hacíamos suficiente ruido juntos, mi hermano, mis tres primas y yo y en esa ocasión una amiguita de mis primas que había ido de visita a jugar con nosotros —la llamaremos Dolores para no herir susceptibilidades—. Dolores era de esas niñas gorditas, chonchita de todas partes, bien dada, bien sanota le decía mi abuela, a ella le gustaba ir a jugar con nosotros, pero después de esa ruidosa tarde tardó mucho en regresar a casa de mi abuela otra vez a jugar, supongo que no era fácil recuperarse de una tarde de juegos en casa de la abuela.

Después del grito de la abuela, salimos todos corriendo desde el patio hasta afuera de la casa, todos los de la familia éramos unos salvajes, pero por las venas de Dolores corría otro tipo de sangre y su complexión no ayudaba, así que ella no pudo salir al mismo ritmo, se tropezó y se dobló el pie, tuvimos que regresar por ella y hacer un enorme esfuerzo para cargarla entre todos y llevarla afuera, si la abuela la veía la que se iba a armar. La dejamos sentada en la banqueta y seguimos corriendo por el parque que estaba frente a la casa, pero empezó a oscurecer y supimos que era nuestra señal para sentarnos en la acera y ver el espectáculo... más ruido. Nos sentamos y el suéter ya me acaloraba, pero no podía quitármelo, ¿luego cuándo me lo iba a volver a poner? ya no me iba a quedar para el otro año, así que me aguanté igual que todos. Estábamos sentados en la banqueta todos en hilera cuando empezaron a llegar los pichos al enorme árbol que cubría casi la cuarta parte del parque, las ramas se iban hacia abajo cargadas de aves y el follaje verde se pintaba de negro albergando cientos de cuerpos frágiles y plumas de una negrura profunda casi brillosa a la luz de la tímida luna de invierno; enseguida retumbaba el ruido escandaloso de todas esa aves comunicándose entre sí con su peculiar lenguaje, el ruido era tan intenso que no podíamos escuchar a Dolores, solo la veíamos hacer señas y mover la boca como si un cristal nos separara de ella. Así que continuamos viendo el espectáculo, no sé para que llevaron a Dolores, nomás nos distraía; de pronto, el ruido cesó, las aves se quedaron calladas para ocultarse del gigante, como queriendo poner su alma es paz antes de una muerte inminente. A toda velocidad cruzando el cielo del atardecer y con la tímida luna de testigo llegó la lechuza, un animal con el que la madre naturaleza se ensañó porque era horrible, con ojos como dos brasas, cuerpo pesado y cubierto de plumas blancas y alas enormes como una especie de ángel maldito, gritaba haciendo un ruido que nos helaba la sangre a todos, incluso a Dolores que no era de nuestra misma sangre; la lechuza se aventaba como un avión kamikaze directo al árbol de follaje negro y se comía a todos los pichos que le cabían primero en la boca y luego en la panza. Después se marchaba con la misma agilidad con la que había llegado dejando un silencio tan profundo que parecía que nos iban a reventar los tímpanos, solo así pudimos por fin escuchar a Dolores que ya estaba la pobre con los ojos hinchados de llorar y tallándose el tobillo, mientras nos decía que se había doblado el píe y le dolía mucho; le dijimos que aguantara tantito, que no podíamos entrar todavía porque estaban matando al puerquito y si el puerquito nos veía la tristeza en los ojos al verlo moribundo pues no se iba a poder morir el pobre de puro sentimiento, que en cuanto todo pasara nos hablaba la abuela y entrabamos a comer cueritos recién hechos. Pero Dolores no entendía razones, mi prima quiso consolarla y se acercó para tallarle el pie mientras podíamos entrar a la casa, cuando le levantó el pie derecho para tallarla le dijo:

—¡Ay!, Dolores, qué barbaridad, tienes bien hinchado todo el pie y hasta la pierna.

Dolores tierna y gordita como era ella le dijo:

—¡Ay!, pero ese no es el pie que me lastimé, el que me doblé fue el izquierdo.

—Ja, ja, ja.

Todos nos quedamos viendo y empezamos a correr otra vez alrededor del parque para podernos reír a gusto.

Mientras todo eso pasaba, mi papá estaba en la cocina, en la estufa de mi abuela prendiendo unas luces de bengala muy muy largas, quería llevárnoslas afuera y sorprendernos para que jugáramos con ellas: Mi papá puso seis bengalas juntas en el fuego, una para cada uno, incluyendo a Dolores; de pronto se prendieron las seis al mismo tiempo y mi papá salió corriendo y gritando hacia el parque para darnos las luces y que no se consumieran antes de que nosotros las pudiéramos sostener en las manos mientras veíamos su constante chisporroteo. Pero mientras él nos correteaba, nosotros corríamos más rápido viéndonos amenazados por un auténtico toro encuetado, como el que soltaban cada ocho de diciembre en el pueblo para celebrar la aparición de la imagen de la virgencita de la Concepción, la que llegó a la orilla de las aguas, flotando sobre una lancha solitaria atravesando el río Papaloapan, desde sabrá Dios dónde. Solo paramos de correr cuando las bengalas se apagaron por completo:

—Ja, ja, ja. —Mi papá se moría de risa al darse cuenta de su error.

Entró a la casa a contar su momento involuntariamente chusco y a prender otras seis bengalas con la lección aprendida de las seis anteriores; ahí sí, todos nos quitamos el suéter y las sudaderas, fue mucha correteza en un solo rato.

Esa tarde hubo de todo, como dice la canción hubo mucho ruido, ruido escandaloso de nuestras risas infantiles, ruido confundido y enloquecido de las aves acechadas por la lechuza, ruido libre y compartido de las carcajadas de los grandes alrededor del cuerpo inmóvil del puerquito; que por cierto esa vez ni ruido hizo, supongo que su alma se fue feliz al cielo de los animales —que es el lugar a donde nos explicaron los grandes que se iban los perritos que a veces se nos perdían o los puerquitos que cada diciembre nos comíamos —, el puerquito se fue feliz porque el último ruido que escuchó fue el ruido escandaloso de la risa.

RECORDANDO A ORLANDO

Como mujer no tengo patria, como mujer no
quiero patria. Como mujer, mi patria es el mundo.

VIRGINIA WOOLF

Hoy desperté por primera vez bajo la luz y el calor de este sol, sé que todo es nuevo, incluso yo, pero aún no sé qué voy o qué no voy a ser y no digo a hacer sino a Ser; siempre me dijeron que la mujer solo sirve para la contemplación, la soledad y el amor, pero ahora solo sé que desperté siendo una de ellas y al parecer hemos estado equivocados por siglos pensando que no tienen muchas opciones o que siempre crecen a la sombra o al cobijo, si queremos ser condescendientes, de una especie superior. Supongo que por eso me observé recordando a Orlando, el personaje que creó Virginia Woolf en un libro lleno de matices y de una hermosa complejidad, pensé en Orlando porque al igual que él siempre fui un hombre y hoy me desperté siendo mujer. Veré que tienen para mí estos seres siempre considerados de segunda, dudo que me sorprendan, pero como ahora soy mujer, siento la mente menos rígida y más dispuesta.

Aunque todos los seres humanos inevitablemente tenemos nuestro origen en una mujer, no siempre es reconocida como un ser de primer nivel como sí sucede con el hombre. A la mujer siempre se le ha atribuido lo corpóreo pero no lo mental, la procreación pero no la creación, la naturaleza y lo privado pero nunca la cultura y lo público, a la mujer se le conoce como un genérico: "las mujeres en la literatura", y a los hombres se les conoce como un ser individual: "El escritor Mario Vargas Llosa", no se otorga el mismo rango ni el mismo respeto por pertenecer a la misma comunidad de escritores que es una sola, y eso solo por poner un ejemplo.

Ahora que soy una de ellas me doy cuenta de que las mujeres son tan distintas entre sí, tan diversas y tan prolíficas como un enorme árbol que se ha ramificado extendiendo sus brazos para cubrir todas las áreas posibles del bosque, un árbol inquieto en constante crecimiento y adaptación, un árbol profundamente fuerte y resistente que aunque corten sus ramas sigue y sigue creciendo y dando retoños a la tierra para conquistar suelos cada vez más lejanos, muchas veces hostiles y otras tantas desconocidos por la propia especie original a la que en el pasado le pusieron una cerca para protegerla o para marcarle hasta donde era el límite que se le estaba permitido crecer.

Que nada nos defina, que nada nos sujete,
que la libertad sea nuestra propia sustancia.

Simone de Beauvoir

En este lugar en el que aparecí siendo mujer, hay mujeres en las artes, hay musas y creadoras, escritoras como Virginia Woolf, considerada madre del modernismo vanguardista del siglo XX y pionera en la escritura a manera de monólogo interior; como Alice Guy, reconocida como la primera mujer cineasta que con su famosa frase "Be Natural" hacía su declaración de principios; como Berthe Morisot, la primera mujer impresionista cuyo toque ligero y sin pretensiones le dio un importante lugar dentro de un grupo de hombres rechazados por mostrar un arte que rompía los esquemas de la pintura clásica; como Alondra de la Parra, quien ha dirigido a más de 100 de las mejores y más prestigiosas orquestas del mundo; como Graciela Iturbide, mexicana y reconocida por su extraordinario trabajo fotográfico de la vida cotidiana, casi por completo en blanco y negro.

Hay mujeres en la ciencia, científicas como Marie Curie, reconocida como la predecesora de la física moderna, la primera mujer en obtener el premio Nobel de Física y un segundo Nobel de Química, mismo que también ganó su hija Irene solo un año después de la muerte de Marie.

Otro grupo de mujeres se dedica a impartir justicia desde los niveles más elevados y con perspectiva de género. Otras tantas se encargan de montar comedores comunitarios para alimentar a los que tienen hambre pero no qué comer, hay mujeres que dan hogar a niños y sobre todo a niñas que serán encargadas de replicar esa bondad de generación en generación sin que se agote jamás, hay mujeres maltratadas, que nacieron marcadas por la violencia, pero que aprendieron a vivir en paz y con amor para después morir con dignidad, hay mujeres tres veces discriminadas, por ser pobres, por ser indígenas y por ser mujeres, ninguna de esas condiciones es responsabilidad de ellas, pero sí ha sido su responsabilidad sobrepasar esa discriminación con determinación y fortaleza.

Hay mujeres deportistas como Lorena, la extraordinaria maratonista rarámuri que es reconocida como la mexicana que ha ganado 5 veces un ultramaratón de 100 km. en huaraches y vestida con la ropa típica de su pueblo, hay mujeres gimnastas, velocistas, nadadoras y ganadoras de medallas como Soraya Jiménez, en áreas tan extremas como la halterofilia, mujeres boxeadoras con potencia en los puños y voluntades inquebrantables.

Hay cocineras de fonda que alimentan la barriga y el corazón con cariñosas manos trabajadoras y hay afamadas chefs que irrumpieron en esta profesión haciendo arte como chocolateras, reposteras o ganadoras de tres estrellas Michelin, hay mujeres policía, mujeres en las fuerzas armadas que dirigen con valentía batallones y pilotean helicópteros y aviones, hay diseñadoras de alta costura y costureras autodidactas que aunque terminen con la espalda jorobada, les dan a sus familias profesiones y dignidad.

También hay líderes mundiales como Christine Lagarde que desde hace tres años es presidenta del Banco Central Europeo o Angela Merkel, la primera ministra de Alemania o Malala, que es la persona más joven en recibir el premio Nobel de la paz por defender los derechos civiles en Pakistán;, hay mujeres astronautas que conquistan el espacio incluso en solitario, otras que atraviesan mares o conquistan montañas.

Otro grupo de mujeres son la única figura de autoridad, de sustento, de amor, de entendimiento y sabiduría para sus hijos de sangre y carne; también hay otras que dan su tiempo, sus cuidados y su amor a hijos ajenos en hogares ajenos que terminan haciendo propios; hay mujeres parteras con gran sabiduría que dan apoyo y ayuda para traer al mundo a pequeñas criaturas extraordinarias; mujeres que dicen cosas que importan, que rompen paradigmas y respaldan sus palabras con conocimiento, responsabilidad y valentía; hay mujeres que siembran, abonan y cosechan la tierra, que alimentan a la Mera Madre para que luego la mera madre alimente a todos sus habitantes; mujeres que dan albergue a migrantes desconocidos en las fronteras y mujeres doctoras que salvan vidas incluso a costa de la propia.

Así que, después de pasar el día revisando la historia de ese extraño árbol que son las mujeres, veo que son una mezcla de todo lo posible, que son un árbol con raíces demasiado profundas e imposibles de vencer, son un clan que ha resistido embates inclementes y sigue en pie, han superado matanzas infames, han sido maltratadas hasta los golpes, han sido abusadas hasta convertirlas en objetos, han sido humilladas como seres de segunda, han amontonado sus cuerpos en fosas, las han quemado en hogueras, han borrado sus nombres y sus rostros de la historia de la humanidad y aún así no han podido con ellas; crecen y se expanden prácticamente sin recursos externos ni ayuda de otras especies, han engrosado su corteza para defenderse, pero por dentro se mantienen suaves y alimentándose unas a otras constantemente en una especie de ciclo interminable. Nuestra historia como hombres ha sido distinta.

Hoy por primera vez voy a cerrar los ojos bajo la luz y el abrigo de esta luna que será la misma que estarán viendo todas las mujeres porque aprendí que en esta especie todas son una y una puede ser todo lo que ella quiera, la madre tierra, la luna, la madre naturaleza, la vida misma es mujer y ni hablar de Orlando que solo vivió de verdad cuando despertó siendo una de ellas, ahora de nosotras. Mañana y cada día después de mañana, espero despertar siendo igual que hoy una mujer, una mujer como: Dayana, Edith, Gaby, Gisela, Isabel, Isa, Ruth y Silvia, tan diferentes, pero unidas por una misma raíz, así yo seré también una mujer diferente cada día porque intentaré que cada día que abra los ojos bajo este nuevo sol, la que despierte sea una mejor versión de este pequeño retoño que me tocó ser de aquel inmenso árbol dador de vida que es la mujer. ¡Uf!, siento que ya hasta escribo como ellas.

TODO PERSONAL

Emilio disfrutaba de cosas sencillas como ir pisando hojas secas que eran como una crujiente alfombra sobre el piso del parque, había mucho aire y se sentía frío, las hojas parecían hojas de ficus común por su forma y su tamaño igual de común; aunque el ficus es curioso porque hay algunos que pueden llegar a crecer hasta 30 metros y sus raíces pueden abrirse paso incluso a través del concreto mientras que hay otros ficus que si los pones en un maceta mediana pueden vivir ahí siempre sin buscar crecer ni expandirse, solo dependerá de la libertad y el cuidado que le des al ficus para saber si se quedará sin pasar del corredor o si crecerá sin importarle lo que tenga que romper a su paso. Emilio, que era un tipo sencillo y de gustos sencillos, caminaba disfrutando del aire cuando de pronto sintió una punzada que aunque hacía mucho tiempo que no la sentía aún podía identificarla inmediatamente: esa punzada que desde niño solo sentía cuando algo malo iba a pasar, la punzada siempre empezaba en la boca del estómago y bajaba hasta las entrañas en donde le oprimía la panza y los intestinos obligándolo a doblarse hacia el frente y apretarse con fuerza el estómago con las dos manos; la molestia pasaba pronto, pero la sensación de un mal augurio no se disipaba hasta encontrar algo a que atribuirle el mal presentimiento y nunca le había fallado eso que él llamaba "el piquete de la mala suerte". Se enderezó y sin hacerle mucho caso siguió caminando porque la mañana era fría y con mucho aire así como esas que le gustaban tanto a él, le gustaba sentir el frío en la piel y calando un poco en los huesos; la sensación de ligera *entumición* en los dedos de las manos y los pies le hacía esconder cada vez más profundamente, aunque nunca olvidar del todo, el recuerdo de su niñez y su prematura adolescencia en el pueblo donde nació y creció de forma casi salvaje y espontánea, como potrito con la rienda suelta o como hierba silvestre que crece necia sin mano que la cuide ni oídos que la escuchen y aún así, verde y fuerte como helechos de vivero elegante.

En su pueblo el calor siempre era sofocante, ahí los techos de lámina crujían por tostarse de tanto sol, las paredes ardían por las tardes después de estar expuestas al calor durante todo el día, el agua de la pileta era caliente y recordó que cuando terminaba de bañarse a jicarazos y se pasaba la toalla para secarse, se secaba el agua mezclada ya con su propio sudor, con un sudor nuevo y limpio pero sudor al fin y al cabo. Los peores calores eran siempre en los meses de marzo y abril y después en julio y agosto, todos decían que eran los meses de la canícula, él no entendía qué significaba la palabra, pero siempre que la escuchaba le daba la impresión de que canícula era una especie de monstruo acuático que vivía casi todo el año escondido en lo profundo del río que separaba a su pueblo de todo el demás mundo y que solo en los meses de marzo y abril y después en julio y agosto el monstruo canícula salía a la superficie para poder alimentarse de todos los lirios acuáticos que flotaban sobre el río, con sus desafiantes hojas verdes enormes y muy gruesas que contrastaban con la delicadeza de sus bellas y diminutas flores color morado. Cada vez que pasaba la mentada canícula, todos los lirios y sus bellas flores desaparecían de la superficie del río dejando descolorido todo como en una foto de los años veinte, de esas en donde todo parce opaco, pero que si te acercas con delicadeza y un poco de imaginación puedes llegar a mirar el movimiento del agua o a respirar la humedad de un río que fluye lento pero constante.

Muchos años después, cuando se atrevió a compartir con su madre —que por cierto era una gran creyente de Dios, de los ángeles y del cielo, pero además de eso no creía en ninguna otra fantasía— su teoría del monstruo canícula devorando a los lirios, su madre lo sacó de su rotundo error y le contó que la canícula era la temporada más intensa de calor que se daba entre los meses de marzo y abril y después en julio y agosto y que en esos mismos meses los lirios se cerraban y se ocultaban bajo las aguas del río para protegerse del sol que los quemaría sin piedad al quedar expuestos, y que al pasar ese tiempo los lirios emergían nuevamente para continuar pintando de verde intenso y delicado morado la superficie del río.

Después de diez minutos de caminata atravesando el parque de ficus libertinos, Emilio llegó al estudio de grabación en donde todos estaban listos y esperando. Emilio solía ser el último en llegar y al entrar siempre iba directo a la oficina del dueño del estudio que además se había convertido en su mejor amigo, Mauro; se saludaron con afecto y efusividad como solían hacerlo y en ese momento Emilio sintió otra vez la punzada, se inclinó hacia el frente apretándose el estómago con las dos manos y de pronto recordó una de las veces en que había sentido la punzada de la mala suerte: aquella vez fue cuando él estaba en la escuela y llegaron de pronto a contarle los chismosos de sus amigos que su papá estaba golpeando a su mamá y que los gritos se escuchaban hasta la calle, esa vez Emilio se saltó la barda del patio de la escuela como después lo hizo tantas veces y se fue corriendo a su casa, recordó la sensación de llevar las piernas entumidas por el esfuerzo y todo el cuerpo y la cabeza húmedos por el sudor que no dejaba de salirle de los poros como agua en manantial. Cuando llegó a la casa ya no estaba su papá, solo estaba su madre recostada en una pared azul, sentada en el piso con su vestido que ya había dejado de ser blanco y mirando a la ventana; la mujer miraba imágenes que solo eran visibles para ella, tenía los ojos ausentes como si mirara en el aire a danzantes virtuosos y fugaces que solo bailaban para el deleite de ella, no lloraba y no se quejaba, solo miraba hacia la ventana sumida en un mudo y desolador abandono. Emilio la levantó del piso, pero ella ya nunca más se levantó de su propia tristeza ni se separó de su mirada puesta en aquella danza traslúcida de bellos danzantes, solo escenificada para sus ojos.

Mauro lo sacó bruscamente del trance y le dijo:

—Mira lo que encontré en mi cajón—. Y agitando la mano le enseñó un viejo *cassette* de grabación.

»¿Te acuerdas? Es el primer *demo* que grabaste, el famosísimo "My way" al puro estilo de Emilio, me hizo recordar aquella vez cuando te conocí. Yo estaba organizando el evento anual de jazz de todas las universidades y estudios musicales de la ciudad, era el primer encargo importante que el viejo me daba, cuando el viejo aún me quería y disfrutaba de la vida, cuando era feliz y se deleitaba escuchando música de jazz, impulsando nuevos músicos y jugando tenis que era lo que más amaba hacer después de producir música, siempre quiso ser profesional en el tenis, pero se decidió por su otra pasión la música. ¿Te acuerdas que yo andaba muy nervioso gritando y ordenando por allá y por acá que quitaran y pusieran bocinas, consolas, micrófonos, instrumentos y mil cosas más? Tú estabas muy chingón fumando recostado sobre una bocina y cantando en voz baja "My way", tu voz era ronca, rasposas y dolorida, yo pasé de largo junto a ti y te escuché cantar la famosísima canción de Sinatra pero en un estilo totalmente nuevo para mí, me seguí de largo, pero me quedé detrás de la cortina del escenario para continuar escuchándote. Como ya te he contado se me pusieron los ojos vidriosos al escuchar tu voz tan melancólica y sentida, había oído esa canción miles de veces, pero nunca la había escuchado con el sentimiento que tú tenías y que hacía vibrar hasta las más profundas fibras de cualquier ser que te escuchara, me limpië los ojos y me acerqué a decirte que si cantabas profesionalmente. Tú te reíste enseñando todos los dientotes, así como acostumbras, y me dijiste que hacía poco que te habías salido de tu pueblo, que no tenías mucho en la ciudad y que tú lo único que hacías profesionalmente era cargar bocinas y cables de allá para acá. Te pedí que vinieras al estudio, te me pusiste remolón, pero al final te traje y grabaste este demo sin hacer un mínimo de esfuerzo y de ahí para acá nos convertimos en hermanos... pensé que lo había perdido y mira qué gusto me dio que apenas hace un rato lo encontré.

—Ya casi ni me acordaba de esa historia, aunque sí recuerdo que siempre has sido muy insistente y siempre logras salirte con la tuya, también recuerdo que antes mostraba mis dientotes, como dices tú, mucho más que ahora, así que supongo que antes nos reíamos mucho más que ahora, sobre todo tú.

—Sí, aquellos eran tiempos más alegres y llenos de simples cosas, pero desde que el viejo tuvo el "accidente" ya nada fue igual, cuando ya no pudo volver a jugar tenis tampoco pudo ya volver a disfrutar casi nada, sus carcajadas, su optimismo, sus deseos de descubrir y de impulsar nuevos valores en el jazz también se apagaron junto con sus ganas de vivir y se convirtió en lo que hoy es, pobre de mi viejo tan amargado, con la ilusión congelada en el pasado, con el corazón podrido por el odio y el resentimiento, mentando madres todo el día, gritándole a mi vieja, y a mí tratándome con la misma distancia que a un desconocido. ¡Cómo le dolió tener que dejarme a cargo de todo sin confiar en verdad que yo lo haría bien! Créeme hermano que aunque mi vieja me enseñó a no odiar a nadie, a ese cabrón que le disparó a mi viejo lo odio con todas mis fuerzas, disfruto pensando que está pudriéndose en la cárcel y ahí se va a morir, eso es mínima justicia ya que también dejó a mi viejo pudriéndose en la cárcel de su propio cuerpo y muriendo cada día ahogado por el odio, ese cabrón nos jodió a todos, maldito sea él y toda su pinche descendencia.

—Ya para qué te amargas, ya sabes lo que siempre digo, quédate con lo bueno que de lo malo el diablo se encarga. Yo quiero mucho a tu viejo como si fuera el mío, yo nunca tuve un viejo que se ocupara de mí y mi pobre vieja se perdió en los laberintos de su propia mente; si no fuera por ti y por lo que viste en mí que ni yo sabía que tenía, yo andaría en las calles buscándome la vida como un delincuente.

—Eso es verdad, creo que mi viejo te quiere más a ti que a mí, se enorgullece diciendo que eres un cantante de jazz natural, que naciste para eso aunque tardaste mucho en saberlo; yo por más materias que tomé y escuelas en las que estudié nunca he podido sacar de la garganta ni una sola nota que valga la pena, claro que no lo necesito porque para eso soy el jefe, ¿que no?, ja,ja,ja. Ya hablando en serio, tú eres el hijo que mi viejo siempre quiso tener y yo soy el hijo con el que se conformó porque fue el que le tocó en la repartición de hijos, el destino es medio cabrón porque te hace como en un juego de dominó, te pone todas las fichas boca abajo para que nadie las vea, las revuelve hasta marearte y al final te deja en la falsa libertad de elegir las fichas que según tú quieres, pero el muy canijo ya contó las fichas antes y es el único que sabe cuántas mulas tiene cada quien y cuándo tendrá que ahorcarlas a cada una de ellas.

—Bueno ya no es hora de filosofar, ni de andar chillando, ni de cosas de dominó que tú ni sabes jugar, ja, ja, ja; es hora de celebrar que el *demo* nuevo está casi listo, ya me urge escucharlo completo hermano.

Y de pronto, otra vez la punzada, el dolor lo hizo doblarse hacia el frente y apretarse con las dos manos el estómago; Mauro le preguntó qué le pasaba y Emilio le contó que era una especie de mal presentimiento, que hacía mucho tiempo que no lo sentía, pero que cuando lo sentía sabía que algo malo iba pasar. Y de pronto recordó otra ocasión en que la sintió, aquella vez fue cuando él estaba en el cuarto donde vivía antes, dándole de comer a su mamá que se había convertido prácticamente en un bulto al que se le podía dejar en cualquier parte y ahí mismo se quedaría esperando hasta que alguien regresara a buscarla o moverla hacía algún otro lugar en donde nuevamente se quedaría inmóvil; de pronto, corriendo y azotando la puerta llegó su padre, se fue directo al baño, levantó la caja del inodoro y sacó una bolsa de plástico transparente, la abrió y metió un fajo de billetes ensangrentados, los acomodó bien dentro de la bolsa junto con otro fajo de billetes que ya estaban ahí. Su padre salió corriendo nuevamente, pero ya no salió por la puerta sino por la ventana que daba directo al patio seco y descuidado que rodeaba al cuarto que hacía las veces de casa, recordó que el calor era insoportable.

—Fíjate, Mauro, que ahora que lo pienso, siempre que siento esta pinche punzada pasa algo malo, pero siempre es algo malo que tiene que ver con mi viejo, qué raro, no me imagino qué otra cosa podría pasar con el viejo además de lo que ya ha pasado, ni siquiera sé si está vivo o muerto; a mi vieja por lo menos sé a dónde ir a dejarle flores pa' su cumpleaños o pa'l diez de mayo, sé que está en mi pueblo bajo la tierra ardiente y junto al aire fresco del río y cada vez que quiero mirarla para que no se olviden sus ojitos tristes y sus manitas chiquitas y negritas solo cierro los ojos y ¡pum!, ahí está mi vieja sin sonrisa pero con sus ojitos brillosos. Yo creo hermano que allá donde está mi vieja está muy contenta de verme bueno y de ver que encontré un hermano y un viejo que me quieren; ya ves ¿para qué andas con tus tristezas?, ya me pusiste chillón también a mí.

Sonó el teléfono en el estudio de grabación y le pasaron la llamada urgente a Mauro, él contestó igual de urgente cuando le dijeron que le hablaba su mamá — ella nunca le hablaba al estudio siempre estaba muy ocupada teniendo que atender a su papá, la casa, los empleados y sus obras de caridad— y no podía creer lo que su madre le decía, solo se tumbó de plomazo en el asiento de su oficina, hacía gestos de sorpresa y asentía con la cabeza mientras decía solamente monosílabos. Colgó el teléfono y Emilio que estaba frente a él lo miró blanco como las hojas de un escritor que no tiene nada que contar y le preguntó que si estaban bien sus viejos, que si les había pasado algo, le sacó una botellita de agua de un refri chiquito que tenía dentro de su oficina (la oficina de Mauro tenía todo, televisión, sofá cama y hasta una despensa), le dio la botellita y Mauro trató de tomar agua, pero su garganta estaba cerrada y regresó el buche de agua directo a la botellita, jaló aire lo más profundo que le dieron los pulmones y le dijo a Emilio:

—Hermano, yo creo que el viejo se nos muere, me habló mi vieja para decirme que el viejo le ordenó que gestionara yo todo lo que se necesite gestionar, que pida favores a sus amigos políticos, que contacte a su compadre el procurador o lo que sea que tenga que hacer, pero que como no quiere arrepentirse y no quiere morirse sin haberlo hecho, no hay más tiempo que perder y tiene que ser este mismo día: hoy mismo necesita ir a la cárcel a ver al hijo de la chingada que lo asaltó, lo golpeó, le disparó y lo dejó tirado como un pinche perro desangrándose en mitad de la calle, aquella noche en la que todo el cielo se nubló y nunca más volvió a brillar el sol para mi viejo. Ahora resulta que quiere mirarlo a los ojos y decirle que lo perdona y justamente hoy, hoy que vamos a escuchar el *demo* nuevo y hoy que en la noche es la final del torneo de tenis, no entiendo nada, yo creo que siente que ya se va a morir y no quiere llevarse ese odio acumulado al último viaje.

Mauro tenía todo el dinero y el poder para gestionar en el mismo día lo que su padre le pedía, además su compadre el procurador era el mismo que se encargó de meter a la cárcel y asegurar cadena perpetua para el agresor de Mauricio aquella noche en la que lo perdió casi todo. En unas cuantas horas Mauro ya tenía los permisos y todo listo para la intempestiva visita de Mauricio al perpetrador de su desgracia, no entendía por qué la urgencia de la visita y menos aún entendía por qué su padre quería perdonar al hombre que lo había convertido en un inválido; supongo que la muerte nos va avisando que se acerca la hora de las sumas y las restas y siempre es mejor no tener que quedar debiendo ni dejar cuentas pendientes.

—Emilio, hermano, tienes que acompañarme, no sé qué le pasa al viejo, pero yo no puedo ir solo con él; mi vieja usa zapatos demasiado caros para ensuciarlos en el piso de la cárcel así que ella no irá,, pero me da miedo que el viejo se me ponga mal, ya no es fuerte como antes y tú eres como un hijo para él, no me dejes solo hermano.

Ambos se subieron al coche de Mauro y fueron a recoger a su papá, Mauricio ya los esperaba en la puerta de la entrada en su silla de ruedas y con uno de los choferes de la casa al que le ordenó quedarse porque su hijo Mauro iba a manejar el auto. Estaba perfectamente vestido, peinado y sobre todo con una mirada de completa serenidad que era ya ajena para Mauro, quien desde hace mucho tiempo solo veía los ojos de su padre llenos de resentimiento y dolor, parecía otro o acaso parecía aquel que siempre fue y solo había quedado dormido bajo la cama mientras el otro ocupaba su lugar por un tiempo. ¿Será que somos lo que somos, no importa cuánto nos empeñemos en dejar de serlo, será que hay ficus destinados a macetas y otros destinados a grandes espacios y jamás unos serán los otros?

Llegaron a la entrada de la prisión y se bajaron del coche envueltos en un aire muy fuerte que levantaba una enorme polvadera en torno a ellos, se sentía frío pero lo peor era el aire y el polvo. Pasaron la gris vigilancia y atravesaron el lampiño pasillo principal acompañados por un custodio, enseguida llegaron y entraron los tres a la sala de visitas del reclusorio, el frío calaba más ahí adentro, se sentía pesado el aire, como si estuviera contaminado por toda la maldad y el resentimiento de los que habían pasado por ahí durante años, todo era visual y anímicamente gris. Casi de inmediato llevaron al esperado perpetuador del crimen, el recluso se acercaba a ellos con paso lento, llevaba una camiseta gris, un pantalón de mezclilla y unos zapatos de goma negros, tenía la barba y el pelo descuidados y amarillentos y las manos ajustadas a unas esposas de metal. Emilio lo miraba con curiosidad y escrutinio, mientras más se acercaba el hombre, más real se hacía su imagen y su recuerdo, su andar era mucho más lento que antes, su mirada que antiguamente parecía un fuego incontrolable ahora solo parecía brasa a punto de extinguirse; se veía cien años más grande de como lo recordaba y por un momento dudó de que fuera él, pero en cuanto lo tuvo cerca sintió la maldita punzada que le confirmó su dolorosa sospecha y tuvo que doblarse hacia el frente apretando lo más fuerte que pudo con la dos manos el estómago. Se sacudió tratando de convencerse que no era posible pero la verdad es necia y siempre encuentra forma de revelarse: abrumadoramente era él, era Emiliano su padre, tanto tiempo sin verlo y aún así la punzada de la mala suerte no fallaba y siempre auguraba su desastrosa presencia.

Emiliano también lo reconoció al verlo y lo llamó "hijo" con un hilo de esperanza en la voz pensando que por primera vez su hijo lo había buscado y había ido a verlo; Mauro y Mauricio se quedaron viendo el uno al otro y ambos a Emilio y a Emiliano, era como estar en un cruce de caminos que van a todos lados y a ninguno al mismo tiempo. Emilio salió corriendo de la sala y corrió por el lampiño pasillo con la misma fuerza con la que corrió aquella vez que le avisaron que su madre estaba indefensa recibiendo golpes en el suelo, se vio como aquel niño solo, perdido, ahogado en llanto y en sudor, desesperado, con las piernas entumecidas y destinado a lo peor. Mauro apenas atinó a tomar la silla de Mauricio, ambos estaban desencajados de las facciones y con un ligero brillo de sudor en el rostro aunque aquel lugar era todo menos cálido, ellos estaban totalmente desconcertados. Mauro empezó a poner en marcha la silla de su padre, pero antes de que salieran de la sala, Emiliano le gritó a Mauricio con una voz pálida y gris como todo lo que ahí había:

—¡Hey!, viejo, quiero que sepas que nunca fue nada personal contra ti.

Mauro volteó y le contestó con todo el odio que era capaz de contener en la garganta:

—¡Hey!, viejo, quiero que sepas que todo siempre es personal.

Mauricio no pronunció una sola palabra mientras su hijo lo empujaba en la silla de ruedas por el pasillo, era demasiada información procesar que su peor enemigo era el padre de quien él consideraba su propio hijo; Mauro tampoco podía con la idea de pensar que el culpable de que su padre hubiera dejado de amarlo era el mismísimo padre del que había robado su lugar en el corazón de su padre, era demasiado para todos. Cuando llegaron afuera, Emilio ya los estaba esperando con los ojos rojos, recargado en el coche estacionado frente a la puerta. Mauro fue el primero en subirse del lado del volante, pero cuando Emilio se acercó a la silla de ruedas para subir a Mauricio al coche, Mauricio le dijo que no se le acercara y que no se le ocurriera subirse a su coche. Mauro se bajó nuevamente del auto para subir a su papá al coche y ambos se fueron dejando atrás a Emilio, cuya imagen fue desdibujándose en el retrovisor y mezclándose con la polvadera y el aire que se sentía en aquel lugar.

Emilio estaba parado afuera de la prisión sin entender por qué lo habían abandonado ahí, si ellos eran la única familia que él conocía. Ellos eran su padre y su hermano, el que estaba adentro era un intruso, un padre ajeno del que no quería saber nada y al que había tratado con todas sus fuerzas y con los puños cerrados de enterrar en el olvido, de ahogarlo en el río que separaba a su pueblo de todo el demás mundo, de quemarlo en los ardientes días de la canícula y de nunca más pensar en él ni en la maldita punzada de la mala suerte que ahora se le revelaba como los mismísimos cuernos del mal encarnado que era su propio padre. ¿Será que el ficus de maceta está condenado a nacer y morir en ella?, ¿será que el ficus de parque jamás podría vivir contenido en una maceta? Sus pensamientos se interrumpieron cuando un auto viejo color cereza llegó levantando más polvo en torno a él, en el auto venían dos hombres y justo en ese momento saliendo de la prisión venían otros dos haciendo gran boruca y celebrando su libertad por falta de pruebas; voltearon a ver a Emilio que parecía una estatua de polvo, aún así lo reconocieron y le dijeron:

—¿Eres el hijo de Emiliano, verdad?, tu viejo siempre habla de ti, ¿a poco no te acuerdas de nosotros, de allá del pueblo? Acuérdate, somos Equis y Ye, de chamacos nos bañábamos en el río y también alcanzaste a hacer algunos *bisnes* con nosotros antes de que te jalaras para acá... ¿ya te acordaste verdad? Súbete carnal, vente con nosotros, te llevamos a donde vayas que para eso somos carnales, vámonos que llegamos tarde al *bisne* y sirve que nos echas la mano, nos hace falta un chofer y además este es un encargo de tu jefe, así que tú también tienes vela en este entierro.

Emilio, sin hablar, se subió al coche color cereza del lado del volante, empezó a manejar de manera robótica, totalmente ausente, mirando el camino como si este fuera un telón de fondo para la película de su propia vida que él iba reproduciendo solamente para sí mismo, imágenes que solo podía mirar él y voces en su cabeza que solo hablaban para ser escuchadas por él mismo... no pronunció ni una sola palabra.

Mauro llevó a Mauricio directo al estudio de grabación, no querían ir a su casa para no tener que dar explicaciones a su mamá, ninguno pronunció ni una sola palabra en el camino. Mauro tenía miedo de que pudiera darle un infarto o algo a su papá y trataba de sacarle plática para animarlo, pero el ánimo también le faltaba a él y además hacía años que Mauro no sabía cómo animar a su padre. Lo único que siempre lo animaba era escuchar cantar a Emilio y aunque pensó que no sería un buen momento para eso, no se le ocurrió nada mejor que ponerle el nuevo *demo* de Emilio, nadie lo había escuchado ya terminado y completo así que lo puso en el estudio para que ambos lo escucharan por primera vez juntos; ya sin preguntarle a Mauricio, simplemente pulsó *play*. En cuanto su padre escuchó las primeras notas se puso a llorar con aquel llanto que agoniza por años en lo profundo del alma y uno vive deseando que por fin se muera, pero algún inoportuno día encuentra una temblorosa grieta y empieza a filtrarse por ahí, primero tímidamente y luego de manera incontenible se derrama ya sin esfuerzo alguno sobre el rostro de mármol de algún ingenuo que pensó que era fuerte y que nunca lloraría por nada. Mauro también lloró pero con lágrimas nuevas aunque igual de dolorosas que las de su padre, acercó una silla y se sentó frente a Mauricio, lo miró con los ojos rojos y el corazón inflamado de emoción, no tenía el rencor suficiente para odiar a Emilio y en cambio sí tenía la inquietud y el deseo de comprobar que no solo a él sino también a su padre le emocionaba lo que acababan de escuchar, quería corroborar que todo el mundo se sentiría conmovido al escuchar el *demo* de Emilio.

—Viejo, el *demo* nuevo es extraordinario, es lo mejor que se ha hecho en años, Emilio es un genio, un talento natural e irrepetible, en verdad sabes que no hay nadie como él hoy en el jazz, ¿por qué no vamos a buscarlo y nos olvidamos de toda esta chingadera?, él no tiene la culpa de nada. Así es el pinche destino, te toca nacer en un lugar o en otro y qué puede uno hacer frente a eso, nosotros somos su familia y pues no podemos perderlo ni él puede perdernos a nosotros.

Mauricio se limpió las lágrimas, quiso recuperar la compostura y no mostrar más su debilidad frente a su hijo, se aclaró la garganta y le pidió que quitara el *demo*, dijo que ya no quería hablar de Emilio y le ordenó a Mauro que prendiera la televisión que tenía ahí en su oficina, que quería ver el último set de la final del torneo de tenis, que olvidaran por ahora a Emilio, que necesitaba despejarse y luego veían qué hacer.

Solo alcanzaron a ver dos o tres golpes de cada uno de los tenistas porque enseguida se interrumpió la señal con un aviso oficial de la policía que decía urgente con letras rojas y mayúsculas:

—Este es un anuncio oficial, interrumpimos la programación para informar que acaba de ser perpetrado un crimen en la casa de la hija del procurador, cuatro hombres encapuchados y fuertemente armados entraron a la casa, asesinaron a dos guardias de seguridad y a la hija del procurador. La violencia fue repelida por otros elementos de seguridad de la casa, los cuatro delincuentes fueron abatidos, pero el quinto delincuente que realizaba las veces de chofer escapó durante el enfrentamiento, se le busca y cualquier información será recompensada.

De inmediato apareció la foto de Emilio en la televisión tomada de las cámaras de seguridad de la casa de la hija del procurador, el compadre de Mauricio; se veía un poco borrosa, pero era definitivamente Emilio, se le veía sentado dentro de un auto color cereza mirando al frente y con las manos sobre el volante.

Aunque las hojas del ficus son comunes y tienen formas y tamaños igual de comunes, los ficus son curiosos porque hay algunos que pueden llegar a crecer hasta 30 metros y sus raíces pueden abrirse paso incluso a través del concreto mientras que hay otros ficus que si los pones en una maceta mediana pueden vivir ahí siempre sin buscar crecer ni expandirse. Los ficus no pueden escapar de su destino, hay ficus que nacieron para morir en una maceta y hay otros que nacieron para morir rompiendo el pavimento y todo lo que se atraviese a su paso.

ANCAS DE RANA

Hay miradas que nunca deberían cruzarse, manos que jamás deberían enlazar sus dedos y corazones que nunca, pero nunca nunca deberían latir el uno por el otro. Hay llamadas que nunca deberían ser contestadas porque hay oídos a los que más les valdría ser sordos; desde aquel día que me llamaste por mi nombre con los ojos llenos de un amor sincero, o cuando me has llamado poca cosa aún sin abrir los labios y hasta cuando me has dejado de llamar convirtiéndome en un ser invisible, borrándome y anulando por completo mi existencia como si fueras aquel ser etéreo que me dio el soplo de vida que me tiene aquí, recuerda que el éxito que mostramos siempre oculta el profundo fracaso que somos.

Hay seres salvajes que jamás deberían hablarse, no deberían cruzar ni un saludo, ni conocer siquiera el timbre de voz del otro, hay violencias internas que no deberían salir al encuentro de una violencia igual de volátil y cruel. Por favor que la tierra se encargue de no permitir que estos seres se crucen por casualidad en la banqueta de alguna calle oscura o luminosa de cualquier lugar del mundo, que el aliento se detenga, que se apaguen las luces, que se paren los pulsos para que nunca sepa el uno que el otro existe y comparte de manera involuntaria un sitio dentro del lejano punto azul; por piedad que ese espacio siempre esté dividido por el delicado contorno negro que separa las figuras multicolores de los vitrales, que ese espacio entre esos dos seres salvajes nunca se acorte.

Algún día vas a llamarme por mi nombre, por mi nombre completo y entonces sentirás que la boca se te llena de la arena de la culpa y sentirás los músculos de la cara paralizados por la vergüenza al tratar de llamarme de frente, alguien como tú jamás podrá llamarme y decir mi nombre completo mirándome a los ojos sin tener que agacharlos, obligados por el peso del absurdo y ajeno resentimiento acumulado por años, no podrás ni siquiera llegar a mi primer apellido sin sentir que te arde la cara de vergüenza al mirarme.

Tantos años al lado de un doble, al lado de un haz y de un envés, al lado de un hombre que fue todo, que tuvo todo y que dio todo, un hombre que hoy no tiene nada para dar, que se vació, que no sabe compartir ni su tiempo, ni sus éxitos, ni sus tristezas; un hombre que no sabe ser escuchado, que no acepta apoyo ni cuidado y mucho menos el tiempo y el amor del otro, un hombre que es él por encima de lo que sea, que solo sabe arrebatar y dejar las manos de quien tenga el valor para acercarse a él, rojas, tristes, huecas y temblando en un helado brillo chispeante bajo la luz del astro sol.

Hoy sé que los golpes no son la única violencia, que la violencia velada, la que *chinga quedito*, la que va por abajo del agua y disfrazada de indiferencia e invisibilidad es la peor de todas porque no se nota, porque no deja moretones en los ojos, ni rasguños en la piel, ni fracturas en los huesos; porque sucede como cuando se quiere cocinar ancas de rana: para que no salten fuera de la olla al sentir el agua hirviendo se sigue una estrategia aprendida por años, perversamente preparada y cruelmente ejecutada. Primero se meten a la olla cuando el agua aún está fría, lo que las hace sentir en confianza y felices, pensando que ese es el lugar al que pertenecen; poco a poco se les va calentando el agua subiendo la llama lentamente de tal forma que se van sintiendo cómodas en lo calientito sin darse cuenta que paulatinamente se van chamuscando e incapacitando para salir; se van quedando sin voluntad y sin fuerza alguna para saltar y cuando el agua ya está hirviendo repitiéndose en burbujas violentamente inquietas, después de un largo tiempo de descalificaciones, humillaciones, burlas, faltas de respeto y una interminable lista de malos ratos y crueles desprecios ya no queda nada más que hacer, las pobres ranas quedan a merced de su verdugo. Las que fueron victimarias de las inocentes moscas ahora entran al triángulo infame de las víctimas y victimarios en donde todos son todo pero en diferentes tiempos y entonces sí, como decía Cerati: "otro crimen quedará sin resolver".

LOS OJOS DE NUBE

A las ausentes y sus dolientes.

Se escuchó un rechinar de puerta y enseguida jalé aire, me gustaba respirar profundo cuando oía ese sonido por las mañanas, sabía que siempre que se escuchaba el rechinido significaba que ella estaba en la puerta a punto de entrar con una charola de pan con mantequilla y un vaso de leche caliente, sostenida con sus manos gruesas, pálidas y pequeñas; ella tenía la cara limpia aunque ajada por el trabajo duro y la constante soledad, las cejas de color café muy obscuro acomodadas sobre un par de ojos negros profundos y opacos, la nariz pequeña, los labios rojos casi quemados por el frío de las montañas que enmarcados en su rostro blanco parecían una gota de sangre derramada en una cubeta llena de leche, el cabello de un color azabache rotundo siempre lo usaba estirado hacia atrás sostenido en una cola como de caballo pura sangre. En cuanto yo escuchaba el rechinido de la puerta, jalaba aire largo y profundo para poder oler lo caliente del pan, la mantequilla derritiéndose y la dulzura de la leche recién ordeñada. Luego del desayuno la rutina era siempre la misma, primero alimentábamos a los corderos —Nube era de las más fuertes y al igual que los más grandes siempre comía primero y entre todos le dejaban lo que ya no les cabía en la panza a los más chicos—; parecía una regla no escrita que los grandes siempre seguirían siendo cada vez más grandes y los chicos estaban condenados a ser los chicos todo el tiempo, como si el destino estuviera marcado desde el inicio y no quedara más remedio que aceptarlo con obediencia y resignación, años después aprendí que esa regla aplicaba para todo y para todos. Después, alimentábamos a los pollos y las gallinas, recogíamos los huevos y juntábamos a los gallos con las gallinas un rato para que hicieran lo que el instinto les enseñó a hacer sin saber que los beneficios solo los disfrutarían otros que no habían hecho esfuerzo alguno para merecerlo, sacábamos de los corrales a los corderos para que pastaran afuera y que hicieran ejercicio, para que corrieran y jugaran, para que se sintieran libres y no pensaran que eran nuestros prisioneros viviendo en tierra ajena; por lo menos a mí me gustaba pensar que lo hacíamos para que aunque fuera por ratos supieran lo que era la libertad de andar sin miedo. Los arreábamos para marcarles el camino y mientras disfrutaban de su libertad, nosotras nos sentábamos sobre la hierba silvestre que muchas veces aún estaba cubierta por pequeñas partículas de diminutos hielitos que se fragmentaban en crujiente escarcha sobre cada punta de hierba, así como la luna fragmenta su reflejo sobre cada pico de las olas de algún agitado mar que aún no conozco. Tomábamos café con leche y azúcar, ella siempre llevaba pan de nata y muchas veces nos levantábamos del pasto con el overol de mezclilla húmedo y las botas cubiertas de lodo, pero felices de respirar la libertad, luego inevitablemente arreábamos a los corderos para regresarlos a su corral, a su cautiverio aunque ella prefería decirles que regresaban a su lugar seguro donde nadie podía hacerles daño. Por la tarde cortábamos leña, la acomodábamos en el granero como en un juego perfecto de palitos en donde nada puede estar fuera de lugar porque provocaría un derrumbe inminente, a veces me astillaba las manos y se me metían entre la primera y la segunda capa de piel pequeños y delgados fragmentos de madera que ella me sacaba con una pequeña pinza que usaba antes para quitarse los diminutos vellos de las cejas que ella pensaba que estaban fuera de lugar; yo nunca noté algo fuera de lugar en ella y eso que hace mucho años que no la veo quitarse ni un pelo de la ceja, después me daba un beso en la mano de donde me había sacado la astilla y enseguida se me quitaba el dolor.

Me gustaba mirarla en secreto, la miraba cuando se peinaba los cabellos negros como noches sin estrella, la miraba cuando se sentaba a leer mientras el fuego parecía bailar sobre su rostro como llamas danzantes en medio de la penumbra: La miraba cuando se alejaba un poco y caminaba a orillas del arroyo de agua cristalina y fría que nos mantenía siempre con agua limpia para nosotras y nuestros animales, ella salía a buscar flores blancas —las que ahora sé que se llaman jazmín y otras amarillas que aún no sé cómo se llaman—, le gustaba hacer esa caminata sola, pero yo siempre la observaba desde lejos, sobre todo ese día que mientras ella caminaba la vi meterse en los bolsillos del overol piedras que parecían muy pesadas y después empezar a caminar adentrándose en el arroyo como si alguien dentro del agua le gritara en secreto justo en el oído:

—Entra, entra, ya no queda más que hacer.

Cuando la miré esa vez yo le grité más fuerte.

—Eme, Eme, Emeeee, ¿a donde vas? El agua está muy fría, ¿a dónde vas?

En aquel momento volteó a verme y no me reconocí en su mirada opaca como siempre lo hacía, parecían unos ojos huecos y su piel más pálida que siempre, le volvía a gritar con toda la fuerza que me daba la voz y de pronto me dijo:

—Ya voy, ya voy.

Salió del arroyo con medio cuerpo mojado en una especie de trance que la hacía ver más lenta mientras caminaba, y temblando de frío se acercó a mí con el ramillete de flores blancas y amarillas en la mano, yo la jalé de la otra mano y la llevé dentro de la casa. Sus ojos seguían huecos. Dentro de la casa le acaricié la cara y le dije que la necesitaba como los borreguitos a Nube y que la quería mucho, me miró y sus ojos fueron recobrando su calidez, prendimos el fuego, ella se cambió de ropa mientras yo puse sus flores en un vaso con agua. Preparó en la cocina el estofado de gallina que solo hacía en ocasiones especiales como mi cumpleaños, le pregunté que qué celebrábamos y me dijo que estar viva era una razón suficiente para celebrar, a mí me pareció que esa era una buena razón para comer estofado de gallina; esa noche se sirvió un vaso de una botella de aguardiente que tenía guardada abajo del lavabo de la cocina, la botella estaba casi llena y polvosa (no sé desde cuando estaba guardada ahí). Ella nunca tomaba alcohol porque decía que siempre debíamos estar alerta porque hay noches de fuego que son imposibles de extinguir y lo mejor es estar listas para huir de ellas corriendo con todas las fuerzas y sin mirar nunca hacía atrás, esa noche contamos historias de miedo mientras hacíamos figuras con las sombras del fuego y también historias de risa; ella puso un viejo disco que le gustaba poner en la consola que era una enorme caja rectangular muy parecida a un ataúd en donde meten a los muertos que tienen a donde ir y a alguien que llore por ellos; a veces ahí me gustaba esconderme cuando jugábamos a encontrarnos la una a la otra. Me dijo que la música que escuchábamos era de una película muy vieja que fue filmada cuando no existía el color en el cine, que trataba de un pianista doloroso que tocaba notas dolorosas para un par de amantes dolorosos que sufrían por no poder nunca estar juntos, que sufrían porque aunque se amaban sabían que no pertenecían al mismo lugar y que debían separarse y dejar que el amor que sentían el uno por el otro se quedara dormido para siempre, que no habría beso alguno que los sacara de ese dolor y que todo estaba decidido desde el inicio, que todo estaba decidido solo por ser lo que eran, solo por nacer donde habían nacido, solo por pertenecer al lugar al que cada uno pertenecía estaban condenados a estar separados; la canción era en inglés así que yo no entendía nada, pero sentía las notas musicales con una tristeza que me secaba la piel y me sacaba las lágrimas casi de inmediato sin darme cuenta, creo que me quedé dormida en el mueble que estaba junto a la consola porque esa música es lo último que recuerdo haber escuchado antes de sentir sus manos frías cargarme hasta mi cama. La sentí taparme con la manta tibia y suave y después la escuché llorar como nunca la había escuchado, ella casi no lloraba y menos con ese dolor que yo solo había visto en los ojos de Nube cuando en uno de sus partos, mientras la ayudábamos a parir a todos sus borreguitos, al sacar al último lo vimos envuelto en la bolsa de la placenta completamente quieto, Nube se apuró a romper la bolsa opaca, sangrienta y resbalosa, pero cuando logró sacar al último de los pequeños él ya no se movía; Nube se quedó lamiéndolo, empujándolo con el hocico y mirándolo con la misma tristeza con la que ella lloraba esa noche.

Jalé aire, me gustaba respirar profundo por las mañanas, pero lo único que jalé fue un aire caliente que me entró por la pequeña nariz, sentí que mientras entraba me quemaba todos los pelos y me deshacía por dentro; la rutina era siempre la misma, igual que todas las mañanas. Tenía mucha hambre porque desde ayer al mediodía no había vuelto a comer, no hubo cena y la comida fue arroz, papas cocidas y tortillas, así que a las 6 de la mañana a mí ya me despertaba el rugido de las tripas exigiendo que les cayera algo de comida, lo que fuera, ya no esperaba pan con mantequilla ni leche caliente ya solo me resignaba a comer algo que no oliera mal y que tuviera una consistencia ligeramente aceptable; rogaba porque no fuera el engrudo que ellos llamaban avena cocida, por favor que no me den tortilla tiesa con frijoles secos. Me levanté de la colchoneta roja que olía a humedad, la sábana parecía de tela de cebolla de lo luida que estaba y siempre me amanecía enrollada en las piernas porque el *short* se me subía durante la noche porque daba muchas vueltas a causa de las pesadillas que me martirizaban y la sábana se me pegaba al cuerpo a causa del sudor, este calor no me era familiar y era solo otra de las miles de cosas que odiaba de este lugar, siempre me tenía que despegar la sábana como si fuera la placenta de los pequeños hijos de Nube, pero Nube no estaba ahí para ayudarme.

Caminé entre todos los cuerpos inertes, apestosos y húmedos, me tropezaba con alguna, pero ni siquiera se movía, ni siquiera notaba mi presencia, ni mis pasos, ni mis movimientos, ni mi respiración, ni mi hediondo olor a porquería vieja. Todas las mañanas hacía lo mismo, me levantaba con dolor en la panza por el hambre, con un vacío insoportable en el pecho, con una tristeza que me entumía los brazos y las piernas y siempre, pero siempre, siempre, con un soplo de esperanza en el alma por volver a verla; no sé a dónde se la llevaron aquella noche de fuego interminable, aquella noche de gritos ahogados en la desesperación, recuerdo que salimos corriendo de la casa solo con lo que traíamos puesto. Ella me tomó de la mano y me obligaba a correr rápido, muy rápido, a mí apenas me llegaban los pies a la tierra, sentía que volaba al lado de ella, todos corrían hacia diferentes sentidos, había gritos, llantos y mucho fuego por todos lados, en algún momento sentí que su mano se escurrió de la mía y enseguida volteé hacia todas las direcciones buscándola, pero el humo de tanto fuego nublaba la vista y casi no dejaba respirar. Corrí buscando nuestro arroyo y lo encontré, me sumergí en el agua fría y cuando salí a jalar aire solo jalé olor a humo y un espeso olor a carne chamuscada; con la ropa mojada y temblando de frío, me escondí entre la hierba, pensé esperar a que ella regresara por mí, pero los ojos se me cerraban cada vez que parpadeaba en esa noche eterna, me perdí en un largo parpadeo y desperté aquí sola, rodeada de mucha gente pero más sola que nunca en un lugar donde no hay rechinidos de puerta con charola

115

y mantequilla por las mañanas, tampoco café con pan por las tardes y en las noches no se escucha música vieja en la consola. Despierto preguntándome a cada instante dónde esta ella y su cara limpia, su cabello azabache, sus cejas cafés, sus ojos negros y opacos, dónde esta su sonrisa roja y sus manos gruesas pálidas y pequeñas. Hasta ahora entiendo que los ojos de Nube eran los ojos de ella, los ojos de ella que son ahora mis propios ojos y mis propios ojos que son los de todas las desaparecidas.

Para cada una de ellas porque no son una cifra.
Son corazones ardiendo en noches de fuego
y ojos de Nube que nunca olvidan.

¿TÚ ESCRIBES O PINTAS?

Es un insensato, un irresponsable, un evasor, ya no sé como llamarlo, pero es definitivamente alguien que no tiene rigor alguno ni disciplina, sus ojos no conocen las mañanas ni la tenue luz naranja difuminada con amarillo y un toque de lapislázuli que al unirse a los otros colores los hace ver aún más intensos, tal como lo hacía Monet. Él nunca ha visto cuando esos hermosos colores irrepetibles de la naturaleza se filtran entre las luidas cortinas de su desordenado cuarto, él que va a saber si siempre se despierta después del mediodía cuando el panorama deja de ser un delicado Monet para convertirse en un abrumador Van Gogh, resplandeciendo de luz amarillamente cegadora reflejándose por las cuatro paredes que por un momento dejan de llorar y se convierten en destellantes prismas gritando amarillo por toda la habitación.

Se despierta tarde como un hijo que después de los 40 años aún vive en el *garage* de sus padres, pero él ni esa gracia tiene, él vive solo por dentro y por fuera en un cuartucho rentado por mes. Me toma con los dedos tiesos y pegajosos por el café que invariablemente se le derrama por los dedos, intenta usarme, pero no tiene suficiente destreza para conducirme hacia un lugar digno como lo haría Alberto Durero que era capaz de dibujar unas manos que parecía que podías tocarlas si te acercabas un poco; es engreído como Dalí pero torpe como nadie, quiere ser habilidoso, pero no es nada hábil, quiere hacer, pero le falta en verdad ser. Se sienta y escribe dos o tres frases inconexas, es un ausente, es un pobre hombre acostado sobre una cama en llamas, me deja sin interés sobre la mesa cuando ve de cerca y de forma abrumadora el rotundo fracaso que es.

Cada vez que me quedo recostado sobre los papeles en blanco, mi mente divaga y se inflama mi ser pensando en la posibilidad de que pudiera poseerme alguien con talento, alguien que no quisiera usar la imaginación sino que fuera la imaginación misma; como Magritte que podía pintar una pipa y decir que eso no era una pipa sino el concepto generalizado del objeto al que llamamos pipa o como Remedios Varo que pintaba a la naciente luna siendo alimentada por papilla hecha de estrellas presas dentro de una pajarera. Sueño que alguien dignifique mi labor y me haga sentir orgulloso de hacer aquello para lo que aún a mi propio pesar fui creado; sus movimientos sobre los resortes de la cama desvencijada me sacan con violencia de mi trance y veo la ruina que soy a su lado mientras espero que nuevamente tenga interés en mí, pero de eso nada, él solamente se acomodó en la cama para continuar su ocioso sueño, porque estoy seguro de que ni siquiera lo que sueña podría despertar algún interés en alguien, él tampoco es como Bretón.

Ojalá pronto me agote, me gaste, me acabe por fin, así por lo menos terminará mi martirio de estar al lado de un ser tan pálido. Yo creo en la reencarnación o tal vez debía decir en la reobjetivización, así que muchas veces divago con la idea de que al acabarme tal vez podría volver convertido en lo que siempre quise ser: un hermoso pincel con el cuerpo hecho de madera de abedul importado de Italia y rematado con pelo de colas de marta roja siberiana cuyo costo es tres veces su peso en oro; o siendo menos pretencioso, podría ser un pincel de pelo de oreja de buey o hasta uno de cerdas sintéticas... pero en las manos adecuadas haría obras extraordinarias, me deslizaría por el lienzo o el papel como un delicado bailarín de ballet dejando mí huella imborrable a través de los siglos, me imagino despertando mi ánima, mi alma, solo con el tacto de un virtuoso pintor. Pero entiendo que por todos lados hay errores, hay quien tiene cara de Pedro y sin embargo se llama Luis, así que asumo que alguien no estaba haciendo bien su trabajo y simplemente se equivocó ya que en lugar de darme bellos pelos de camello me dio una insípida vara de grafito mezclada con arcilla; por favor no me malentiendan, yo admiro a los escritores que tienen algo que decir aunque lo mío, lo mío, es la pintura. Pero quién puede admirar a un tipo como él que no es más que un pretencioso escritorcillo sin imaginación, espero con ansia el momento en que él decida tirarme de forma descuidada, así como es él, de esa manera por lo menos no tendré que seguir siendo cómplice inconforme de su incipiente talento y de su extraordinario ego.

119

ACUÁTICA

Me sentía justo en mi lugar, ahí estaba mirándome las manos y los dedos moviéndose lentamente, yendo y viniendo, acercándose y alejándose una y otra vez, provocando burbujas infinitas y en cada una de ellas se replicaban mis ojos, mi nariz, el pelo, las mismas manos y las uñas adelgazadas, frágiles y casi transparentes como las capas de las cebollas.

Respiraba el agua traslúcida, tibia y ligera, aún no me pesaban el cuerpo ni las ideas, los sentimientos no aparecían en el acuático panorama; y de pronto, una vorágine, un maremoto, un caos, un completo revoltijo de agua, sangre, gritos, y ruidos inconexos: me sacan sin avisar y sin preguntar, me sacan de las greñas y me ponen los pies, ¿los pies? ni siquiera sabía que los tenía, pero de pronto los pies y sobre todo los dedos antes unidos en una especie de guante de anfibio donde apenas era posible separar las puntas o las yemas de los dedos, ahora los pellejos se descosen y se aferran sobre la tierra húmeda, fría y áspera. Con dificultad abrí aún más los ojos mientras se acostumbraban a la cegadora luz y me miré rodeada de árboles que extendían sus brazos hacia mí en señal de bienvenida, las ramas y las hojas eran finos dedos incitándome a acercarme, me soplaron con vientos gélidos que cortaban la piel mientras atravesaban mi cuerpo ahora tan real, tan palpable, tan doliente y solitario, mi piel que antes había sido tan tiernamente acariciada por el arrullo plácido y celeste del agua ahora estaba expuesta al aire que se separaba en pequeñas boquitas soplando fuertemente hacia mi como tiernos y cachetones tronos acomodados a los pies de una pintura de Rafael. Por dentro sentía un fuego inexplicable en mí, un calor me dominaba, me quemaba las entrañas y me hacía sentir cosas que nunca había experimentado, el odio y el amor, la incertidumbre y la certeza de la extinción, la compasión y el impulso incontrolable... todo me revoloteaba por dentro y mientras yo era incapaz de dominar ese fuego que consumía con violencia, me rodearon de otros seres como yo, igual de perdidos e insatisfechos de estar en un lugar al que no pidieron venir, al que no pertenecen: éramos parásitos de diferentes moluscos intentando ser bellos y coloridos peces con escamas tornasol y bailar de manera homogénea formando y deformando figuras mientras la corriente los arrastra, todos observaban siempre con cruel escrutinio mis tres marcas en el cuello, mis tres inconfundibles rayas de cada lado y yo siempre extrañando el hipnotizante movimiento de las medusas, verme en las burbujas, moverme lento y sin tiempo, con olor y sin dolor, con pasión y sin coacción, con libertad y sin atrocidad.

Pero todo llega y no hay quien escape de su destino, hoy por fin regreso a ti, vuelvo al agua tibia, la presión del agua ahora oprime el corazón y el cuerpo, el azul celeste me inunda, la ingravidez reconforta; burbujas por todos lados repitiendo imágenes de los árboles y sus largos brazos, la tierra y sus olores, el aire y sus sabores y el fuego —¡ay!, el fuego— por fin se tranquiliza, se azonza, se apacigua y se extingue, me devuelve la paz, la serenidad de lo efímero, la confianza ante lo etéreo, la resignación ante lo real, el abandono de lo inevitable. Siempre tuve agallas que me ayudaron a sobrevivir en aquel hostil lugar al que nunca debieron llevarme y al que nunca regresaré, pero mis agallas ahora por fin se expanden en un revoloteo lleno de gozo, abren sus alas para darme vida, mis tres rayas de cada lado del cuello solo estaban hechas en verdad para vivir en el agua que es a donde pertenezco y de donde nunca debí salir.

Del agua vengo y al agua voy, solo un poco de paciencia por favor, que cada vez falta menos para nuestro inevitable encuentro con mi único amor.

TODAS LAS SOLEDADES

I.- Aún no salía el sol cuando la levantó de la cama; ella había estado la noche en vela esperando que algo pasara y las cosas de repente cambiaran de rumbo, pero nada sucedió, así que la despertó acariciándole el cabello y le dio un beso tibio en la frente. Le puso una sudadera roja de esas que tienen el cierre en el frente y se pueden abrir por completo cuando lo bajas, unos pantalones de mezclilla azules, le tomó todo el largo y espeso pelo negro azabache y lo peinó con una cola de caballo amarrada con una liga negra, le amarró las agujetas con doble nudo y lo más fuerte que pudo: todo debía ir bien atado, bien estirado, bien cubierto por si se ofrecía correr o si hacía frío o calor, todo en orden para poderse quitar fácil la sudadera y amarrársela en la cintura; sería una desgracia mayor que se le desataran las agujetas y se tropezara y se atrasara y la dejaran y ya no pudieran regresar por ella y se quedara sola, perdida sin saber hacia dónde caminar. Se sentiría tan sola que ni los recuerdos le darían un poco de paz.

II.- Esa mañana se despertó con la boca amarga y el dolor de estómago que la acompañaba desde el primer día que llegó a esa ciudad y dejó de comer para solo fumar; la soledad del cuerpo es una y la soledad de las entrañas es otra, ella sentía que ambas la carcomían en una ciudad lejana en kilómetros y aún más lejana en esperanzas de volver a ser quien solía y disfrutaba ser. Se levantó porque no tenía otra opción, sus dos hijos dependían de que ella los despertara para darles de desayunar e ir al colegio, en realidad dependían de ella casi para todo. Se lavó la cara, los dientes y se amarró el cabello con una coleta floja y sin chiste, se vistió rápido con una sudadera roja, un pantalón de mezclilla azul y unos tenis que siempre amarraba con más fuerza de la necesaria.

I.- Su madre le dio un beso profundo que ella sintió mucho más largo de lo que en realidad fue, no la apretó con fuerza, ni con desesperación, ni con violencia, fue un abrazo entrañable y ella sintió como si el alma de su madre se desprendiera de su cuerpo, se transmutara en una nube azul, suave y brillante, y flotara en el aire por un segundo para después depositarse y formar parte del almita de ella. La pequeña sintió como si su madre le diera de golpe y porrazo todos los recuerdos de su incipiente niñez y de su recién estrenada adolescencia, como cuando despides a un difunto y quisieras darle en ese instante todos los buenos momentos que pasaron juntos para que en su último viaje aunque vaya solo, no se sienta solo, que aunque parece igual nunca será lo mismo. La madre finalmente la persignó y le dio una barajita de la Virgen de Guadalupe que a ella hace muchos años también se la había dado su papá, porque a su madre nunca la conoció. En la pobreza, las joyas de la familia son reliquias con un enorme valor que cabe en la palma de la mano, tan enorme que alcanzan para cobijar almas solitarias y vidas tristes, que sirven para aferrarse a ellas cuando el desamparo enfría el alma y el miedo congela la sangre, pero no son suficientes ni alcanzan para pagar un taco, un bolillo duro o una Coca Cola bien fría.

II.- Dejó a los hijos en el colegio, pero esta vez ni siquiera tuvo fuerza para bajarse a ponerles sus mochilas en la espalda ni a darles el *lunch* en la mano, ni siquiera los persignó ni los besó en la mejilla deseándoles un buen día; ella solo esperaba con ansia que se bajaran del auto porque sintió que iba a vomitar y a desmayarse enfrente de la escuela de sus hijos y no quería la lástima de nadie, ni las miradas burlonas de los papás y las maestras, miradas disfrazadas de preocupación desinteresada —a otro perro con ese hueso—, la soledad de adentro la había vuelto solitaria por fuera, huraña, callada y muchas veces cínica. En cuanto pudo arrancar se fue directo al hospital que estaba cerca de donde ella vivía, nunca fue su casa en realidad, todo el camino le pareció como si estuviera en un juego de feria que da vueltas sobre su propio eje y además da vueltas alrededor de un centro que también da vueltas. Ya no recordaba cómo llegó a la sala de urgencias, volvió a recordar cuando estaba vestida únicamente con la bata del hospital —esa que deja que todos los malos aires te entren por atrás— estaba con los brazos conectados a sueros y a diferentes aparatos, acostada y cubierta con sábanas blancas, pero sobre todo recordó que estaba inmensamente sola, se sentía olvidada en el pico de una montaña que ella no escaló, aparecida sobre un tronco de madera como único sobreviviente de un barco que ella nunca abordó; la soledad de ese cuarto, la soledad física le daba más potencia a su propia y rotunda soledad interior. Sintió con una tristeza insoportable que si ella desapareciera del mundo en ese instante a nadie le importaría, nadie lo notaría hasta después de varios días, cuando la peste a carne podrida fuera imposible de ignorar y alguien empezara a contar a los presentes con los dedos de la mano y se percatara de que le sobraba un dedo en la cuenta; alguien preguntaría por ella y sabrían por fin que es a ella a la que se están comiendo los gusanos.

I.- La niña besó a su madre creyendo en sus palabras de que pronto se reunirían, pero en cuanto se subió a la camioneta sintió que estaba inmensamente sola, se sentía olvidada en el pico de una montaña que ella no escaló, aparecida sobre un tronco de madera como único sobreviviente de un barco que ella nunca abordó; se aferraba a sus recuerdos de niña vendiendo fruta con su madre en el mercado, las tardes limpiando elotes para salir a venderlos en la noche, recordaba los dulces de leche que su mamá hacía para vender y siempre le dejaba comerse todo el dulce que quedaba pegado en la olla de barro y en la cuchara de madera que siempre usaba. Mientras se le escurrían las lágrimas, recordaba el día que su mamá le regaló un vestido rojo que había ido pagando poco a poco para comprarlo de segunda mano en un bazar y dárselo el día que cumplió diez años, recordó que se sentía como una princesa y en ese momento deseaba ser una para tener una hada madrina que tuviera una varita mágica y le concediera el único deseo que tenía en mente en medio de esa profunda y dolorosa soledad; pero nada de eso sucedió, simplemente la camioneta arrancó de manera violenta sacudiendo sus sueños y su cuerpo contra los otros pequeños cuerpos hacinados en la batea de la camioneta que se perdía ante la vista nublada de la madre, dejándola sumida en una rotunda soledad.

II.- Estuvo toda la mañana en el hospital con grave deshidratación y espasmos por inflamación severa de colon, dijo en el hospital que necesitaba salir a las tres de la tarde porque tenía que ir por sus hijos y nadie más podía hacerlo, dijo que ellos no tenían a nadie, pero en realidad quien no tenía a nadie era ella. Fue por sus hijos y en cuanto los vio se sintió mejor por un momento, llegando a donde vivía se escondió para llorar en silencio, se sentó en el rincón de siempre con las piernas encogidas y de espalda a la pared, apretando los labios y tapándose los ojos con las manos, deseando abrirlos y estar en otro lugar muy lejos de ahí. Mientras lloraba evocaba recuerdos lindos para tratar de controlarse y salir a platicar con los niños sin que ellos notaran la hinchazón de sus ojos, qué ridiculez, ellos eran niños no tontos. Haciendo un esfuerzo, intentaba recordar las charlas interminables, las risas y los abrazos, siempre había sido feliz pero ahora parecía un campo desierto con la tierra cuarteada y animales muertos alrededor, se miró en el espejo y se compadeció de su propio ser cuando vio la soledad que le regresaba el reflejo y la otra soledad que la carcomía por dentro.

III.- En realidad yo no sé nada de la vida, pero sí sé que si yo tuviera una varita mágica estaría como aquella pobre mujer esperando que toda la tristeza y la soledad que la devoraban por dentro y la marchitaban por fuera desaparecieran con un toque de esa varita; seguiría sentada en aquel lejano lugar en la puerta de la entrada de aquel que nunca fue su hogar, esperando con todas sus ganas aferrarse a esa varita con las dos manos y pedir que todo ese dolor desapareciera, que el mundo se la comiera y la vomitara unos meses antes en la puerta de la entrada de su hogar. Justo porque no tuve en mis manos esa varita, necesité juntar todas mis fuerzas y mi determinación para dejarlo a él con su nuevo él y regresarme yo con mi nuevo yo a buscar a mi antiguo yo para que recogiera los pedazos y reconstruyera lo que hubiera, lo que quedara, lo que encontrara a su paso.

No tengo ni he tenido jamás esa varita y cada vez que me hago más vieja me da más trabajo creer en la alquimia, la prestidigitación y el esoterismo. Me he convencido de que es una necedad depositar la esperanza de que vendrán tiempos mejores, el deseo de no estar en un lugar y estar en otro o simplemente la inocente petición de desaparecer aunque fuera unos minutos, el afán de no sentir, de no tocar, de no mirar y de que nadie tuviera el privilegio de siquiera olerme, no ser criticada por acciones ridículas ni ser ignorada por razones de las que nunca fui responsable… sería una necedad pensar que esa varita es la cura de todos los males o la panacea perfecta. Creo que tenerla me haría más débil que fuerte, a una mujer como yo definitivamente le haría más daño que bien.

Si lo pienso de manera fría y calculadora, creo que en realidad solo podría usarse esa varita para fines prácticos como un bastón para sostenerse y poder levantar las rodillas del lodo y empezar a caminar hacia las acciones que nos ayuden o nos obliguen a salir y enfrentar nuestras realidades, a superar nuestros obstáculos e intentar ser felices con lo que hay, con lo que quede, con lo que se pueda (claro que en este caso cualquier simple pedazo de palo haría la misma función que la mentada varita y con la misma dignidad).

La varita solo puede cumplir la función de un bastón que nos levante y provoque generar acciones que nos obliguen a hacer algo por los demás, en especial por los inocentes, por los niños, por los que no tienen quien les cuente un cuento por la noche o los acompañe cuando no puedan dormir por un mal sueño; por aquellos que son despedidos por sus madres en las bancas solitarias de los parques en las madrugadas, cuando algún infeliz los sube a una camioneta para cruzarlos a un país en el que siempre serán extranjeros. Por los ojos inocentes y sus soledades que no es otra cosa más que el reflejo de nuestras propias soledades: las de las madres que lloran por ellos porque se van pero también porque no quieren que se queden; por los inocentes rodeados de otros inocentes y conducidos por culpables hacia la soledad del cautiverio en jaulas como si fueran animales listos para testar en ellos; o la soledad del desierto con el sol derritiendo las suelas de unos tenis con la agujetas bien amarradas o con el frío calando los huesos a través de la incipiente pero práctica sudadera roja; o la soledad flotando en la corriente de un río desconocido y violento; o ¿por qué no?, la soledad de sus cuerpos a veces encontrados meses después o a veces nunca encontrados, solos, infinita e irremediablemente solos por dentro y por fuera.

Si en verdad tuviera esa varita mágica aunque fuera tan solo por un segundo, se la daría a una de esas madres y sé muy bien cuál sería su único deseo. Por salvar tan solo a uno, bien valdría la pena creer que existe.

SUPONGAMOS QUE ME GUSTA EL MAR

Se despertó de un sueño profundo y descansado, apenas abrió los ojos se dio cuenta de que no reconocía nada, pero sabía que estaba en algún lugar del trópico porque sentía el cuerpo cálido, usaba ropa ligera y principalmente porque no traía puestos sus calcetines negros y esa excepción solo la hacía en el trópico; ella siempre dormía con calcetines porque se le enfriaban los pies por la noche y además no le gustaban sus dedos de formas extrañas, así que prefería verlos lo menos posible. Se levantó sobresaltada de la cama y se asomó por la ventana, enseguida respiró el aire impregnado de sal, el cálido sol cubrió con gentileza su piel, escuchó el murmullo del vaivén de las aguas, el ruido de la espuma y el golpe de la ola al romper contra las escolleras; reservó el sentido de la vista para el final y cuando las ventanas de su rostro se abrieron, ahí estaba el color azul profundo, un color que se eternizaba al unirse con el infinito, con el cielo, con el mar, con todos los mares… se le humedecieron los ojos cegados por tanta belleza y por un momento se olvidó de la necesidad de saber en dónde estaba y por qué estaba ahí.

Con los ojos aún llenos de mar, recorrió la pequeña casa intentando reconocer algo o a alguien: era una casa limpia pintada de blanco, con ventanas grandes y muebles color azul combinados con gris claro; durante la caminata de reconocimiento miró una pequeña foto con un pequeño marco sobre un pequeño mueble cerca de un espejo, la foto era de su niñez, sentada en la arena mojándose los pies con el ir y venir de las olas, con una sonrisa inocente y unos ojos llenos de mar. Después pasó frente a un enorme espejo con marco de madera maciza pintado de blanco, se detuvo ante él solo para sorprenderse al darse cuenta de que no se reconocía en el reflejo... la del espejo era una mujer de casi 60 años, bella, con ojos alegres, piel bronceada y gesto amable. Confundida, salió a la terraza y se sentó en una mecedora, aspiró profundo la calidez y la sal, y por alguna extraña razón creyó que si pensaba con fuerza y minuciosidad en las cosas que le gustaban antes, no en las urgentes sino en las que solían ser importantes para ella, entonces tal vez podría recordar como un carrete de cinta magnética rebobinándose; pensó que si lo iba corriendo lentamente en sentido contrario iría recordando quién era ella y cómo había llegado ahí, tal vez un viaje hacia el amanecer podría echar un poco de luz al ocaso. Y pensando en eso se quedó dormida.

—Me encanta ver el mar y su murmullo, me gusta el olor a tierra mojada, el color de las bugambilias cuando se mezclan formando una sola guirnalda irrepetible, me gusta pisar el pasto recién cortado, me gustan las jacarandas, pasar por las plantas de jazmín, ver los plantíos de cempasúchil en noviembre; aunque mi flor preferida son los alcatraces, nunca resisto las ganas de frotar con las yemas de los dedos los arbustos de romero y llevarme su aroma impregnado. Me intriga la delicadeza de las orquídeas y me sorprende la resistencia de la hierba que nace a orilla de la carretera y ahí permanece sin la mano cuidadosa de nadie, me gusta la honestidad del "Guernica", me gusta la ingravidez y el silencio bajo el agua, me gustan los brazos amorosos de mi padre, la sonrisa sincera de mi hermano y la fortaleza inquebrantable de mi madre.

»Me encanta oír las olas mojándome los pies, me gusta besar las manos de los niños recién nacidos y su olor, me gusta la lucha interna de Raskólnikov en "Crimen y Castigo" y el amor desperdiciado de la hermosa Alicia en "El almohadón de plumas", me gusta acercar las nariz mientras hojeo un libro nuevo, me gusta hablar de cine, me gusta ver ballenas y delfines que me recuerdan que el planeta es de ellos, me gusta abrir las ventanas y las puertas, me gusta que me conmueva un atardecer, perder la noción del tiempo viendo la luna, imaginar los planetas y sus habitantes, me gusta pensar que el mundo no pertenece al ser humano, la adrenalina en una lancha domando un salvaje río. También me gusta subirme a un caballo y creer por un momento que soy capaz de dominar a una bestia, me gusta escuchar las increíbles historias de "Tres patines" en la radio de la casa de mi abuela, el atardecer filtrándose como un ladrón por los vitrales de "Notre Dame", me gusta la emoción antes de subirme a un juego mecánico y el galopar de la sangre por las venas cuando me bajo de él, me gusta explorar el fondo del mar con sus peces extraños y sus ancestrales arrecifes, me gusta la fotografía de Sebastião Salgado

135

que te arruga el alma como una hoja de papel, la enigmática "Mujer Ángel" de Graciela Iturbide, me gusta leerte un cuento por las noches hasta verte dormir.

»Me encanta sentir la arena caprichosa, tibia, firme y suave al mismo tiempo, te deja cavar huecos y hacer castillos y en cuanto se cansa de ti los destruye, me gusta cuando el silencio le gana a las palabras que no deberían ser pronunciadas, me gusta saborear el perdón, me gusta escuchar la música que tiene algo digno de ser escuchado, poder elegir —cuando estoy triste— escuchar algo aún más triste o cuando hay que celebrar. bailar con mi papá al son que nos toquen. Me gusta la ira tardía, me gusta fotografiar las dos caras de la moneda, el silencio y la paz, me gusta tener amigas con quienes platicar toda la tarde sin repetir los temas, me gustan mucho los frijoles recién hechos con arroz, chile verde y tortillas recién palmeadas, me gustan las tortas de jamón con pan caliente, el café como debe ser; negro, caliente y fuerte con olor a mi abuela que siempre tenía una olla hirviendo en la estufa y pan dulce en la mesa por si algo se ofrecía, me gusta el mariachi y la agilidad de los soneros de mi tierra para hacer versos sin esfuerzo.

»Me encanta el olor a sal del mar, me gusta olvidar mientras abrazo a mis hijos, perderme en las "Nenúfares" de Monet en su a veces azul y a veces verde visión pero siempre acuática y etérea, me gusta el amor que por fugaz se vuelve permanente y real en "Casablanca" porque pase lo que pase "siempre tendremos París": un París propio único e irrepetible del amor que volvimos perfecto y por ello inalcanzable. Me gusta escuchar la sabiduría de los sabios que no saben que lo son, me gusta el dorado de un beso interminable en Klimt, la perfección de Vermeer en "La lechera" y la misteriosa mirada de "La joven de la perla", la luz de las pinturas de Caravaggio, los colores de Mondrian y los sueños hechos realidad de Remedios Varo, me gusta descubrir la misericordia en los seres humanos, me gusta caminar a orillas del Sena, tomar vino a orillas del Rin y comer pescado junto al río de las mariposas que es el mejor significado para el río que me vio desde que nací, el río Papaloapan.

»Me encanta el sabor de la comida del mar, me gusta el beso de verdadero amor, me gusta gritar en medio del campo, me gusta la sonrisa de mis hijos, me gusta la claridad y la inteligencia que él tiene para hablar sin tapujos pero sin lastimar, su elocuencia y sus recursos, también me gusta la forma de ver la vida que él tiene, su inagotable creatividad y alegría, me gusta platicar con mis hijos mientras comemos, me gusta escucharlo tocar la guitarra, verlo bailar mientras hace hotcakes. Me gusta ver el reflejo de las luces en el pavimento mojado, los árboles agitados por una tarde de viento, ver llover y no mojarme, contemplar las lunas de octubre, las películas blanco y negro, me gusta ir al cine sola o acompañada pero siempre con palomitas, leer al Gabo frente al mar, abandonarme a un poder superior, el silencio interior para meditar, las tardes frías de mantita y chocolate, me gusta una copa de buen Rioja antes de dormir, me gusta caminar descalza en la arena y si toca llorar por favor que sea frente al mar.

Se despertó de un sueño frágil y cansado, apenas abrió los ojos lo primero que miró fueron los pies, traía unos calcetines negros como siempre. Se fue directo al baño, se miró en un insípido espejo sin marco alumbrado en el contorno con luces led, reconoció el reflejo de una mujer de 40 años sin chiste, con ojos tristes y piel marchita… no le importó; fue a la cocina a tomarse un café como siempre, pero en cuanto sintió el calor de la taza entre las manos y dio el primer sorbo, se acordó de la casa de la abuela: parecía que podía escuchar a lo lejos en la radio al tremendo juez de la tremenda corte resolviendo un tremendo caso; ella tomaba café todos los días, pero hacía una cantidad de años irrecordables que no evocaba ese recuerdo o cualquier otro que le jalara las comisuras de la boca para sonreír involuntariamente.

Pasó el día como siempre, de forma tan ordinaria y común que ni siquiera vale la pena escribirlo, lo único digno fue cuando caminó del estacionamiento hacia la entrada de la fábrica y observó un arbusto de romero que siempre había estado ahí ignorado por ella, se detuvo a frotarlo con las yemas de sus dedos y se fue oliendo las manos el resto del trayecto con una sonrisa que hacía parecer menos tristes sus ojos.

Regresó a casa por la noche, buscó el Rioja que tenía guardado para abrirlo en una ocasión especial que nunca llegaba porque tal vez simplemente la vida misma es una ocasión especial, se sirvió una copa y se sentó a leer junto a su cama, ahí junto al libro en turno estaba como siempre una pequeña foto con un pequeño marco sobre el pequeño mueble cerca de su cama; la foto era de su niñez, sentada en la arena mojándose los pies con el ir y venir de las olas, con una sonrisa inocente y unos ojos llenos de mar. Frente a la foto pensó que tal vez aún no era demasiado tarde para quitar la vista de lo urgente y mover la mirada hacia la importante, ver lo extraordinario en lo simple, volver a comenzar, emprender el viaje hacia el amanecer que podría echar un poco de luz al ocaso antes de que el sol se ocultara por completo y no quedara más que la cegadora oscuridad del tedio, la monotonía, la insensatez del día a día. Le dio el último trago a la copa de Rioja que saboreó como si fuera el último trago de su vida, se quitó por fin los pinches calcetines negros y se acostó a soñar.

AÚN MÁS PERSONAL

LA MERA MADRE

Camino con los pies descalzos sobre el pasto húmedo por el rocío de la mañana, me imagino las raíces tejidas bajo la tierra y pienso en ti, me doy cuenta que pariste todo lo que existe para llenar mis cinco sentidos con tu creación.

Los bosques húmedos y fríos los llenaste de animales fuertes que se comen a los débiles para que sus restos alimenten a la tierra y ésta pueda dar alimento a gusanos y a su vez los gusanos a las aves; mágicamente la vida vuela de la tierra al cielo en un segundo, la tierra alimenta a las plantas que después serán el alimento de incansables hormigas y de insectos que serán comida para roedores hasta acabar en el estómago nuevamente de los animales más fuertes de los bosques, las selvas y las sabanas. Visitaste los planetas recopilando toda la arena posible para concentrarla en un solo lugar y crear un desierto ardiente por el día y gélido por las noches para darle un hogar a los mejores adaptados de la naturaleza, porque todos tenemos lugar junto a una madre de brazos abiertos como tú: la hermosura de las auroras boreales que ni el más virtuoso pintor ha podido igualar, las bioluminiscencias que producen un destello fugaz visible hasta a cien metros de distancia y que poseen tres cuartas partes de los animales que habitan tus océanos y sus compañeras en la tierra, las hermosas y delicadas luciérnagas que alumbran el paso de los trasnochados. Gracias por las montañas que hiciste crecer desde la base del suelo para que se congelaran en el tope y luego bajara esa agua helada convertida en arroyo constante sobre sus laderas, haciendo surcos hasta juntar caudales convertidos en cascadas salvajes, indomables cataratas y ríos apacibles llenos de peces de tantas especies, tamaños y colores que ni siquiera nos hemos podido asomar a una mínima parte. También de la tierra elevaste volcanes conteniendo una secreta actividad que cuando ya no es posible guardar brotan con fuego y furia cubriendo todo lo que esté a su paso para que no se nos olvide quién manda aquí. Me encanta cuando juegas con nosotros mostrando tus caprichos en estructuras como las cascadas pétreas de Hierve el Agua en Oaxaca o el Blue Hole en Belice que muestra un agujero inmenso puesto sin más ni más en medio del mar, o cuando el día se convierte en noche en solo un momento y por solo un momento las aves se meten en sus nidos confundidas por tus travesuras; y ni hablar de las curiosas estalactitas que te gusta ir tallando en silencio y durante siglos. Gracias por los cenotes llenos de misterio, que han guardado historias de sacrificios y renovaciones de eras, pero sobre todo, porque ya me conoces y no puedo negar lo que soy, gracias por el mar, por todos los colores de arena que hacen que el reflejo del mar sea color café, azul, verde o turquesa, gracias por haberte tomado el tiempo de compilar en todas las galaxias la belleza más profunda e inmensa y regalárnosla vestida de azul y coronada de espuma blanca, gracias por no dejarnos conocer el fondo, por mantenerlos alejados el mayor tiempo posible. Si el hombre ha explorado más el espacio exterior que el fondo marino por algo será, no permitas que corrompamos toda tu creación, no nos dejes acabar con lo que pariste con tanto amor y perfección para un grupo de incesantes aprendices siempre temerosos de lo que no entendemos y destructores de lo que ni siquiera pusimos un grano de arena para crear; gracias madre tierra por parir un paraíso para tanto mal parido.

Gracias a ti que pariste a la madre de mi madre y a las que las parieron a ustedes, si alguna de ustedes se hubiera negado al dolor, el esfuerzo y la violencia con la que sale un hijo de las entrañas de su madre para asomarse a lo desconocido, yo no estaría aquí escribiendo desde mi infinita gratitud y desde mi constante condición de aprendiz, gracias a mis mujeres ancestrales y sus legados porque madre solo hay una y a cada quien nos corresponde una, por sus cargas y por enseñarme a quitármelas, por su sabiduría impregnada en mi ADN, gracias por el amor paciente y la paciencia amorosa, gracias a ti por tu ternura y amable compañía, gracias a ti por tu fuerza y determinación, gracias a ti por tu comprensión y apoyo, gracias por darme el valor, la libertad y la fortaleza para dejarme ser yo.

A las innombrables, porque cuando un hijo pierde a su madre se le dice huérfano, pero cuando una madre pierde a su hijo no hay forma de nombrarla, el dolor de ver a un hijo sufrir no creo que tenga símil, solo puedo imaginármelo e intentar hablar de él con respeto y a manera de reconocimiento, porque una vez vi a una madre muy joven arrodillarse al lado de un bebe cuyo cuerpo no ocupaba ni la cuarta parte de la cama del hospital, la vi llorando después de escuchar noticias inesperadas y dolorosas que van a marcar el resto de la vida del recién nacido, solo la abracé para quitarle un poco de su dolor y que al compartirlo conmigo le resultara menos pesado; mi cariño para esas madres que llevan el dolor de la pérdida de su propia sangre y de su propia carne, será una herida constante que nunca sanará por más que se intente, solo se aprenderá a vivir con el dolor, pero para algo como eso nunca habrá olvido. Un abrazo para ti y tu pequeño hijo.

Gracias, también y por supuesto, a los que me dieron la oportunidad de ser madre, gracias por escogerme a mí como su madre y su guía.

Empecé con los gritos ahogados apretando los puños y retrayendo la garganta, el dolor se intensificaba, los ruidos del exterior se fueron haciendo silencios formando parte de un fondo apenas audible mientras mis manos arañaban la sábana, el grito fue creciendo desde el estómago hasta salir incontrolablemente por la garganta; después de eso ya no hubo filtro, se gritaba cada vez que se pujaba, el sudor me empapaba la cara mientras todos alrededor me animaban como en un perverso partido de futbol en donde solo hay un jugador que corre tras la pelota y al mismo tiempo es el árbitro y también el portero. En esa cancha estaba sola con él, ambos luchando desde nuestra área para lograr salir victoriosos, él seguro saldría en hombros, yo me conformaba con salir entera. Una sensación de alivio extraño, nunca había sentido eso, un ser saliendo desde dentro de mi ser: te oí llorar y te vi por primera vez de manera borrosa y de color azul lechoso, lloré a tu lado en ese momento y sentí una paz que antes solo había experimentado junto al mar.

Gracias, mi gordo, por ser mi primer hijo, por perdonar mis errores de madre novata, por ser mi maestro siempre estricto y crítico pero nunca hostil, por compartir conmigo el gusto por el cine raro, eres mi fiel compañero en las salas de cine de arte donde casi siempre solo estamos nosotros dos y nuestro enorme bote de palomitas; gracias porque para mí siempre tienes un abrazo, un beso y un "te quiero mucho mamá", me enseñas cómo aprender y me recuerdas a cada momento que todo es cuestionable, que todo es cierto y todos tienen las razón dependiendo del cristal con que se mire; tienes un enorme sentido de la justicia y un corazón empático al sufrimiento ajeno, muchos me han dicho que eres un alma vieja y por eso sabes muchas cosas antes de que sucedan, yo solo sé que eres mi maestro de maestros, nadie mejor que tú para traerme a raya.

Gracias mi negro por ser mi segundo hijo, por contagiarme de tu alegría y tu optimismo, gracias por tus manos creativas que siempre están trabajando y siempre hacen cosas hermosas, muchas de ellas para mí; gracias por recordarme que la vida se vive con alegría sino ni para qué ensuciarse las manos, eres un cascabel en la punta de un gorro de arlequín en un carnaval, alegría pura, ganas de vivir y de disfrutarlo todo en primera fila. Gracias por tu sensibilidad siempre en la piel, por ser mi *chefcito* personal y por mostrar sin tapujos tus emociones, solo en tu compañía me río sin pena de los chistes más simples y chillo a gusto viendo películas cursis.

Solo me queda un deseo que anotar y que escapa por completo de mis manos y es que mis hijos tengan una vida plena y su camino esté lleno de luz, que los malos ratos sean solo como pequeñas abejitas revoloteando alrededor de la dulce colmena que son ellos, espero que la Mera Madre me permita asomarme desde las lejanas estrellas de vez en cuando para verlos reír o abrazarlos cuando tengan que llorar. Espero que sus generaciones lo hagan mejor que nosotros y sepan respetar a la madre que nos parió a todos, que cuiden los bosques y a sus habitantes, que les den tiempo a las abejas para polinizar a las flores de todos los colores para que sigan pintando los campos de girasoles y los prados de cempasúchil, que permitan que las aguas regresen a sus cauces y los árboles crezcan tan alto como las secuoyas que pueden alcanzar más de 90 metros de altura, que no permitan que los glaciares y los animales polares aparezcan en el ecuador, que cuiden las Colinas de Chocolate en Filipinas, las lagunas petrificadas de Turquía y los lugares donde se junta el mar y el río sin jamás mezclar su sabor ni sus temperaturas, que dejen que las olitas del alta mar se enrollen y desenrollen con libertad y que cada uno de sus habitantes viva en paz sin conocer siquiera la mano de la raza humana ni su deseo enfermizo de dominarlo todo, que honren a la madre, a la que da sin guardarse nada, a la más generosa, a la del cuerpo amoroso, a la Mera Madre, a esa que parió todo lo que existe para llenar nuestro cinco sentidos con su creación.

LUZ Y SOMBRA

La fotografía es la metáfora de la existencia misma, es la luz y la sombra, es lo crudo y lo cocido, como la alegoría del carro alado de Platón con su caballo negro y su caballo blanco en una intensa y constante lucha buscando la perfección y las ideas, pero quién se encarga de los grises, de los claroscuros, de lo difuminado que no se puede distinguir, de eso a lo que Da Vinci llamaba *sfumato* que es justo la delgada línea que se vuelve imperceptible, que nos mantiene con un pie en la luz y otro en la sombra, que combina ambas hasta convertirlas en algo único e irrepetible.

Mi familia es la luz que ha iluminado mi vida y mi camino de incansable aprendiz. Muchas de las fotos que he tomado han sido cuando estaba en familia y solo por eso pude hacerlo, porque la fotografía no es la cámara, no es el obturador, no es abrir o cerrar el diafragma para que entre más o menos luz, la fotografía es la historia de un momento, es poesía, es lo que siente el que toma la foto, lo que vive, lo que lee, lo que escucha y lo que puede transmitir en esa breve imagen plasmada en un pedacito de celuloide cubierto de gelatina y sales de plata; así la luz y la sombra siempre están, lo que se oculta y lo que quiere ser visto, como cuando por un lado vemos a los chamulas, que no se dejan tomar fotos porque piensan que les roban el alma y por otro lado seres como Magnolia la juchiteca, que propicia y busca la lente de Graciela Iturbide para inmortalizar su orgullosa imagen. Tal vez por eso Xavier Villaurrutia al aludir a Álvarez Bravo, decía que a diferencia de los pensadores que trabajan con las manos en el cerebro, el fotógrafo trabaja con el cerebro en las manos y si me permiten agregar, también con el corazón en las manos.

De mi padre he aprendido la alegría de vivir que contagia a cualquiera que esté cerca, me ha enseñado a reírme de mí y de mis errores, a celebrar mis aciertos con optimismo, me ha enseñado a mirarme al espejo como alguien que vale solo por existir, que vale por lo que es y nunca por lo que tiene, me ha enseñado siempre con el ejemplo la ayuda y la preocupación por el otro, como cuando vas en la carretera y ves a otro auto detenido en la orilla con el cofre levantado y sin pensarlo te *orillas a la orilla*, como dicen los que saben, a ayudarlos a cambiar la llanta o a pasar corriente o lo que hiciera falta; mi papá es mecánico, así que de eso nadie le va a contar.

—Te he visto llorando de dolor cuando se han ido tus papás, cuando mis abuelos han emprendido su último viaje, me han conmovido tus lágrimas y tu ternura al verlos por última vez, tus ojos vidriosos con una mezcla de melancolía y paz porque siempre supiste que te amaron y los amaste profundamente, dicen que quien fue un buen hijo siempre será un buen hombre y a lo mejor es cierto porque tú eres un alma buena, de esas de las que quedan pocas, de las que dan todo sin pedir nada, gracias por ser la luz del abrazo que se entrega sin que exista un razón.

De mi madre he aprendido la fuerza de no dejarse vencer, la determinación para levantarse cada vez que se cae, me ha enseñado a sentir que puedo sin que alguien tenga que decírmelo, me ha enseñado a luchar, a ser disciplinada, a no dejar nada a medias, a no callarme, a defenderme usando los mejores argumentos; te enseñaron a ser dura y a no dejarte de nadie, eso mismo me enseñaste a mí. Con el tiempo, el uso y los tropezones, igual que pasa con los zapatos, te suavizaste y eso también me has enseñado, ahora sé que puedo suavizarme, que no tengo siempre que defenderme, que no tengo siempre que estar alerta, que así como hay sombra también hay luz, tanto en el mundo como en nosotros mismos.

—Te he visto recuperarte de tus propias tragedias, te he visto recogiendo y pegando tus pedazos sola, te he visto destruir y te he visto construir, eres el sol que quema para obligar a las plantas a crecer, eres la piel del cocodrilo que aún siendo descendiente de los dinosaurios sigue vivo y luchando, eres muy fuerte y lo mejor de esa fuerza es que ahora te permites descansar de ella. Celebro con alegría que te des permiso de bajar los brazos, que te permitas descansar de tener siempre la razón, que dejes que otros hagan por ti, muchas gracias por dejarme verte sonriendo, gracias por permitirme ver la luz que ocultas, gracias por quitarte el velo, por ser libre y por enseñarme a serlo.

De mi hermano, mi único hermano, de él he aprendido a no rendirme, a insistir y luchar por lo que se quiere, me has mostrado el amor y la paciencia que

151

tienes por tu familia, has estado en la sombra y has luchado hasta salir a la luz.

—He visto la misericordia en ti cuando en diciembre compras cobertores y los llevas a regalar a la gente que está en la calle, cuando rifaste un arbolito de navidad entre los alumnos de la escuela de tu esposa porque ninguno había tenido en su casa un arbolito de navidad, te he visto gastarte lo último que traes en la cartera para comprarle una torta a un niño. Eres un buen tipo, la vida te dejó pelón y para compensarte te dio la luz de la generosidad. Conozco gente que da lo que le sobra, otros que no dan aunque les sobre, pero conozco pocos como tú, que no das lo que te sobra, sino que das aunque te falte, esa es tu hermosa luz.

La luz siempre la he aprendido de mi familia, la oscuridad siempre he tenido que salir a buscarla y con esto no pretendo decir que en ellos no hay oscuridad, solo pretendo decir que ellos son de los que luchan cada día para que el caballo blanco gane la carrera al caballo negro, que se ocupan de sus matices de grises, de su *sfumato*. Ellos son la luz que solo se ve cuando hemos podido disipar la oscuridad de las pupilas y del corazón, pero yo no pretendo ser la luz que ilumine el camino de nadie, me conformo con ser la inquieta y persistente flama que aunque sabe de su fugacidad no se extingue aún en la penumbra más cegadora.

AHORA SÉ

Ahora sé que la felicidad solo se sabe que lo es, cuando ya se ha conocido la tristeza.

Ahora sé que mi niñez fue encantadora, llena de amor y compañía, que mis únicas dolencias fueron rodillas raspadas de tanto andar en patines y que bien lo valieron por toda la libertad que sentía sobre esas ruedas; que fracturarme la clavícula no fue nada comparado con la alegría y la adrenalina de bajar las escaleras montada en el barandal o pisando solo el mínimo espacio de escalón que quedaba entre el barandal y el vacío con el fondo de mosaicos azules en la casa de mi abuela. Muchas veces me dolió la panza de tanto reírme, lloré muchas veces de alegría y no de dolor, comí muchos helados y desde muy niña tomaba café con pan, si cierro los ojos aún recuerdo el sabor del algodón de azúcar desapareciendo en mi boca. Me subí más veces de las que recuerdo a los juegos de feria, siempre tuve compañía para jugar canicas, elástico, el avión y beisbol callejero, nunca importó si había que cerrar la calle para ese fin. En casa de mi abuela correteamos muchos pollos y muchos guajolotes nos corretearon a nosotros, muchas veces me mojé con guerras de globos llenos de agua, muchas otras la guerra era a manguerazo limpio y otras tantas simplemente nos sumergíamos en el tinaco de la casa de mi abuela a ver quién aguantaba más sin respirar mientras nos mirábamos bajo el agua como lentas algas a merced del movimiento acuático. Nadie nunca me negó un abrazo ni una paleta helada de grosella.

Ahora sé que quién me quiere lo hace incluso a pesar de mí, que el amor solo existe si se demuestra a los demás, que solo compartido es en verdad amor porque si no solo es un sentimiento que guardamos celosamente y que nos convierte en egoístas y alimenta nuestro ego; si no se comparte, entonces es otra cosa, pero nunca se le podrá llamar amor, ahora sé que como decía Chavela "el amor es simple y a las cosas simples las devora el tiempo".

Ahora sé que cuando tengo una pluma y una hoja en blanco cerca puedo vivir todas las vidas, puedo ser lo que sea o tal vez ser nada, desaparecer y ser un fantasma de mí misma, sé que la libertad de mi mente llega mucho más lejos que la prisión de mi cuerpo, que puedo vivir la vida de un escarabajo como Gregorio Samsa o puedo correr tras de cebras salvajes para alimentarme de ellas como si fuera el león más temido de la sabana del que aún ningún escritor ha escrito. Ahora sé que puedo pasar horas mirando una pintura, imaginando que entro en ella y transito la vida de los protagonistas, que observo al pintor mientras desliza la mano sobre el lienzo, mientras combina colores en la paleta, mientras me va dando vida, mientras se olvida del mundo y para él solo existe su propia creación de su mundo particular; porque el arte existe, conmueve y estremece aunque no haya ojo alguno dispuesto a mirar.

Ahora sé que solo tengo el hoy, que el ayer muchas veces me atormenta y que el futuro otras tantas me atemoriza, que solo el hoy me obliga a intentarlo con lo que sea que tenga y lo que sea que soy.

Ahora sé que soy un amasijo de bondad disfrazada de maldad, que soy maldad disfrazada de bondad y que esa masa amorfa puede despertar por la mañana siendo una y al regresar por la noche a la cama ser su némesis. Ahora que camino sin rumbo sobre la playa es cuando más claramente sé hacia dónde ir. Ahora que cada vez tengo menos miedo de ser yo resulta que el único dedo que veo apuntándome ha sido siempre mi propio índice. Ahora que me tengo tal vez no debería volver a soltarme.

Ahora sé que el sol sale aunque yo me niegue a verlo, que los campos de romero perfuman el aire aunque nadie esté ahí para olerlo, que las bulliciosas cascadas en la jungla bajan con fuerza a merced de la gravedad, que los ríos secretos arrastran bajo sus aguas las piedras tallándolas hasta dejarlas lisas como lo haría un perfecto escultor construyendo velos inexistentes sobre el mármol de Carrara, que el bosque ruge azotando las copas de los árboles unas contra las otras soportando vientos y tempestades que los dejan despelucados o chuecos pero dignamente arraigados a la tierra, que el mar es capaz de escupir desde su profundidad barcos completos de naufragios olvidados hace años cuando se pone violento de tanto ver a la luna cuando sabe que por más que luche no podrá alcanzarla jamás, que las flores, los hongos y las plantas más extrañas del mundo van creciendo desde el capullo hasta el esplendor siempre silenciosas, sin pedir permiso y en secreta actividad. Ahora sé que todo esto y más sucede en el mismo borroso punto azul visto desde el espacio que compartimos todos, que todo esto pasa aunque no haya ser alguno que pueda dar fe de su existencia, aunque nadie lo vea todo esto existe, aunque no nos veamos los unos a los otros de todas formas existimos porque el existir no está en vernos dentro de la mirada del ojo ajeno, el existir está en vernos a nosotros mismos, la salida nunca será hacia afuera, la única salida posible siempre será hacia adentro.

Ahora sé quién soy aunque nadie nunca pronuncie mi nombre.

ÍNDICE

AÚN MÁS PERSONAL

www.ingramcontent.com/pod-product-compliance
Lightning Source LLC
Chambersburg PA
CBHW020339260626
47156CB00004B/1601